光文社文庫

文庫オリジナル／長編青春ミステリー

肌色のポートレート

赤川次郎

KOBUNSHA

JN267099

光　文　社

『肌色のポートレート』目次

●主な登場人物のプロフィールと、これまでの歩み

第一作『若草色のポシェット』以来、登場人物たちは、一年一作の刊行ペースと同じく、一年ずつリアルタイムで年齢を重ねてきました。

杉原爽香《すぎはらさやか》……四十一歳。中学三年生の時、同級生が殺される事件に巻き込まれて以来、様々な事件に遭遇。大学を卒業した半年後、殺人事件の容疑者として追われていた明男を無実と信じてかくまうが、真犯人であることを知り自首させる。十四年前、明男と結婚。五年前、長女・**珠実《たまみ》**が誕生。仕事では、高齢者用ケアマンション〈Pハウス〉から、**田端将夫《たばたまさお》**が社長を務める〈G興産〉に移り、老人ホーム〈レインボー・ハウス〉を手掛けた。一昨年までカルチャースクール再建のプロジェクトに携《たずさ》わり、講師に**高須雄太郎《たかすゆうたろう》**を招聘《しょうへい》。

杉原明男《あきお》……旧姓・丹羽《にわ》。中学、高校、大学を通じて爽香と同級生だった。大学時代に大学教授夫人を殺《あや》めて服役。その後〈N運送〉に勤務。現在は小学校のスクールバスの運転手を務める。

杉原充夫《みつお》……借金や不倫など、爽香に迷惑を掛けっぱなしの兄。五年前脳出血で倒れ、現在もリハビリ中。十二年前に別れた**畑山《はたやま》ゆき子《こ》**と病院で四年前に再会。現在は家族とともに実家で、母・**真江《まさえ》**と同居。

杉原綾香《あやか》……杉原充夫、**則子《のりこ》**の長女。三年前から、**森沢澄江《もりさわすみえ》**の誘いで高須雄太郎の秘書に。妹の**瞳《ひとみ》**、弟の**涼《りょう》**たち家族の生活を支えている。

浜田今日子《はまだきょうこ》……爽香の同級生で親友。美人で奔放《ほんぽう》。成績優秀で医師に。四年前に出産。

三宅《みやけ》　舞《まい》……大学生のころスキー場で知り合った明男に思いを寄せ続けている。一度、結婚するが破局。昨年、リン・山崎と結婚し、妊娠する。

栗崎英子《くりさきひでこ》……往年の大スター女優。十七年前〈Ｐハウス〉に入居して爽香と知り合う。その翌年、映画界に復帰。

河村太郎《かわむらたろう》……爽香と旧知の元刑事。現在は民間の警備会社に勤務。爽香たちの中学時代の担任、**安西布子《あんざいきぬこ》**と結婚。天才ヴァイオリニストの娘・**爽子《さわこ》**と、長男・**達郎《たつろう》**の他、捜査で知り合った**早川志乃《はやかわしの》**との間に娘・**あかね**がいる。

リン・山崎《やまざき》……爽香が手掛けたカルチャースクールのパンフレットの表紙イラストを制作。爽香とは小学校時代の同級生。爽香をモデルにした裸婦画を描いた。

中川《なかがわ》　満《みつる》……爽香に好意を寄せる殺し屋。

——杉原爽香、四十一歳の秋

1　アンコール

アンコールはバッハだった。

協奏曲の熱気が、まだホールを充《み》たしていたが、河村爽子《かわむらさわこ》がヴァイオリンを構えると一瞬の内に静寂《せいじゃく》が広がった。

——杉原爽香《すぎはらさやか》は、ホールの二階席から爽子の華《はな》やかなドレス姿を見下ろしている。

爽子ちゃんも、ずいぶん慣れたわ……。

パガニーニ・コンクールで優勝してからの日々は、正にアッという間に過ぎて行った。

ステージに立つことも多くなり、今はもう「新人」という感じはしない。

オーケストラとの協奏曲の後、鳴り止《や》まない拍手に答えて、アンコールを弾《ひ》いているのである。

オーケストラはまだステージに乗ったままで、バッハの無伴奏曲を弾く爽子の演奏に耳を傾けていた。

爽香はチラッと腕時計に目をやった。

コンサートは後半、オーケストラだけの曲があるが、そこまでは聞いていられない。このアンコールの後、休憩になるから、爽子の楽屋にちょっと顔を出して行こう。帰宅するのではない。会社に戻るのである。

忙しい中だからこそ、こんなヴァイオリンの音色に浸《ひた》っていたいのだが、「仕事」は待ってくれない……。

ソロヴァイオリンの音が、ホールの空気を浄化していくようでもあった。

最後の音がホールの中をゆっくりと巡って消えると、少し間を置いてホールは拍手に満たされた。

爽子はさらに何度かステージに呼び戻され、それからやっと休憩に入った。

爽香は急いで席を立つと、足早にロビーへ出た。

楽屋へ顔を出すのも、もう大分慣れた。

「あ、爽香さん！　来てくれたんだ」

ドレスからスーツに着替えた爽子が嬉《うれ》しそうに言った。

「聞き逃してなるもんですか」

と、爽香は言った。「アンコール、バッハでしょ？　良かったわ」

「ありがとう」

爽子はヴァイオリンをケースへしまうと、「爽香さん、後半も聴いてくの？」

「残念ながら時間がね……。会社に戻るの」

「何だ。そうなの」

「何か用があった？」

「そうじゃないけど。——お母さん、車で迎えに来てるの」

「先生が？　今、聴いてらした？」

「袖《そで》でね。爽香さんの顔見たいだろうと思って」

「じゃあ、ご挨拶《あいさつ》だけして行こうかな」

と、爽香は言って、「爽子ちゃん、お父さんには？」

「先週一度行って来た」

「そう。——具合、どう？」

爽子の父、河村は胃ガンで今年手術をした。一旦《いったん》は退院したのだが、検査で転移が見付かり、今は放射線《ほうしゃせん》治療《ちりょう》を受けている。

「うん……。辛《つら》そうね」

と、爽子は言った。「お母さんも忙しいし、なかなか病院へ行けないから……」

「仕方ないわよ。お父さんだって分ってる」

「私のビデオとか見てるみたい。——もう少し行ってあげられるといいんだけど」

と、爽子は言った。

爽香としては、何とも言いようがない。

「爽子、仕度は――」

と、楽屋へ布子《きぬこ》が入って来た。「まあ、爽香さん」

「ごぶさたしてます」

「そんな他人行儀《ぎょうぎ》な言い方――。忙しいのにありがとう」

「それこそ他人行儀ですよ」

「あなたにはかなわないわね」

と、布子は笑った。「爽子、行きましょ」

「うん」

「じゃ、私はここで」

と、爽香は言った。

「そう？　一度ゆっくり会いたいわね」

「先生もお忙しいですから」

「ええ、まあ……。色々雑用が多くなってね」

河村布子は、今M女子学院中学の教務主任だ。若い教師たちの相談相手だけでなく、校長や理事会とも係《かかわ》り合っている。

「おまけに私の送り迎えまで」

と、爽子は言った。「大変だからいいよ、って言ってるんだけど」

「やらせてよ。どうしてもだめなときもあるけど、これをやってるのが楽しいの」

「分ります」

と、爽香は肯《うなず》いて、「爽子ちゃん、やらせてあげなさいよ」

「珠実《たまみ》ちゃんは元気？」

「ええ。もう五つですから。しっかり自己主張してます、最近は」

「お母さんに似たのね」

「そうですね」

と、爽香は笑って、「じゃあ、会社に戻るので」

「大変ね！　体こわさないで」

と、布子が爽香の手を握った。

お互い、話したいこと、知りたいことがいくらもあるが、そうしてはいられない。二人ともそれを分っていた……。

楽屋を出て、布子と爽子は駐車場へ向い、爽香はロビーに出た。

休憩時間が終るところで、トイレから急いで席へ戻る客が小走りにロビーを横切って行く。

爽香はそのままホールを出た。

外に出ると、爽やかな風が吹いて来て、思わず足を止める。

残暑《ざんしょ》が長くて、九月一杯、蒸し暑い日が続いていた。十月に入って、やっと秋らしい乾いた風になったのだ。

ちょっと深呼吸して、爽香は、

「仕事だ」

と呟《つぶや》くと、歩き出した。

ケータイの電源を入れると、メールが三件、着信も二件あった。

「音楽ぐらい、のんびり聴かせてよ」

と口に出して言ったが――。

そのとたん、ケータイが鳴る。

「もしもし」

「爽香さん？　リン・山崎《やまざき》の家内です」

「ああ、舞《まい》さん。お元気？」

「はい。赤ん坊相手に格闘《かくとう》してます」

三宅《みやけ》舞。――画家の山崎と結婚して、男の子を産んだ。

口調《くちょう》はすっかり落ちついている。

「主人から伝言が」

「山崎君、どこかへ？」

「今、ニューヨークなんです。メトロポリタン美術館で展示があって」

「あら、凄《すご》い。それで私に何か?」

「あの……もう済んだことで申し訳ないんですけど。いつかの爽香さんの絵のポスターのことです」

「ああ。あれが何か?」

「先方が、あのポスターを貼りたいと言ってるそうで」

「え? でも元の絵はないのに」

「そう言ったらしいんですけど、先方がどうしても聞かなくて」

「そう……」

「主人が気にしていて。もし爽香さんがいやだとおっしゃれば、もう一度交渉すると言ってるんです」

「物好きな人が向うにもいるのね」

と、爽香は足を止めて、「ニューヨークに知り合いはいないし、構わないわよ」

「そうですか! すみません。主人に伝えます」

ホッとした様子。大方、山崎としては自分では言いにくくて、舞に頼んだのだろう。

「山崎君、いつ帰国?」

「半月ぐらいは向うに――。あ、ごめんなさい! はいはい、待って」

赤ん坊がギャーッと派手に泣き出すのが聞こえた。

「爽香さん、すみません、それじゃ」

「男の子はやっぱり声が大きいわね。じゃ、よろしく伝えて」

舞はあわてて切ってしまった。

爽香はちょっと微笑《ほほえ》んだ。

夫の明男《あきお》をずっと慕《した》い続けていた舞が、今は画家山崎の妻として、母親にもなっている。爽香としては、安堵《あんど》できる状況になったのである。

あの絵とは、山崎が描いた爽香の裸体画。そのあまりの生々しさに話題になったのだが、絵はもう今は存在しない。

ただ日本でのN展のポスターに使われたことで、今でも人目に触れているわけだ。爽香も一枚だけポスターをもらって、それは納戸《なんど》の奥へしまい込んだままである。

もう済んだことだわ……。

爽香は、バス停へと足取りを速めた。


電車ではうまく座れたので、ケータイに来たメールを読んだ。

仕事の上での確認事項で、返信の必要はないものが多いが、一つだけ、栗崎英子《くりさきひでこ》からのメールがあった。

〈爽香さん！

私は今日から映画のロケで京都です。

久しぶりの時代劇！　やっぱり京都で撮るといいわね。古い空気が流れてる。

今回は果林《かりん》ちゃんも初めての時代劇よ。武士の娘の役で、正座したときの手の置き方から、立ち方、座り方、一から教えてあげてるわ。

まだまだ慣れないけど仕方ない。ちゃんと私が仕込むから、スクリーンで見てね。

爽子ちゃんはどう？　そばについてあげられないけど、何かあればいつでも連絡して。

さて、これから明日のセリフの稽古を、果林ちゃんとやるところ。

あなたも頑張って！

英子〉

八十三歳というのに、ケータイの使い方をすぐに身につけ、まめにメールを送ってくる。

「かなわないな……」

と、爽香は呟いた。

後で返信しておこう。——いくら元気とはいえ、今年の夏の暑さには大分参っていたらしい。

ああいう人には「仕事」が何よりのエネルギー源だ。

私は？　そう思ったら、ケータイが鳴った。

「――はい」

「お母さん、もう帰ってくる？」

「あ……。今、電車だけど……」

「じゃ、待ってるね！　今日ね、絵を先生にほめられた」

「へえ、凄いわね。お母さん、絵は全然だめだったけど」

「見せてあげるね！　じゃ、待ってる」

「珠実ちゃん――」

と言いかけたときは、もう切れていた。

電車に乗ってる、と言ったのは本当だが……。帰れないとは言えなかった。

今夜中に片付けなくてはいけない仕事があるのだが……。でも、じっと母親の帰りを待っている珠実の姿を思い浮かべると、爽香の胸が痛む。

「えい、明日早く出てやろう！」

と、口に出して言うと、残っているスタッフへとメールを入れた。

そう。何とかなる。

そう思わなきゃ、やってられないよ。

爽香は腕時計を見た。――三十分あれば帰れるだろう。

爽香が帰ると、玄関へバタバタと駆けて来る珠実の笑顔。――それを思うと、仕事のことなどどこかへ飛んで行ってしまう。

その光景を想像すると、つい口もとに笑みの浮かぶ爽香だった……。


「ただいま！」

玄関を入ると、珠実が駆けて来る。パジャマ姿だ。

「お帰りなさい！」

「はい、ただいま！」

爽香は珠実を抱き上げて、頬《ほ》っぺたをすり合せた。

「珠実の絵、見てね！」

「うん、ちょっと待ってて。お母さん、着替えてくる」

「早くね！」

「はいはい」

寝室へ入って、スーツを脱ぐと、息をつく。

イベント担当だったときは、ジーンズや動きやすい服装で良かったのだが、今は外で人に会うことが多く、スーツで出勤している。

気が付くと、明男が寝室の入口に立っていた。

「ただいま。お風呂、入った？」

「ああ。珠実と一緒に」

「ごめんね、早く帰れなくて」

と、爽香はスーツをハンガーに掛けると、ふと振り向いて、「明男。――何かあったの?」

明男が固い表情でいることに気付いたのである。

「つい今しがた、綾香《あやか》ちゃんから電話があった」

と、明男が言った。「則子《のりこ》さん、亡くなったって」

爽香は立ちすくんだ。

「――お前が仕事で疲れてるだろうから、って、ケータイへかけなかったそうだ。明日でいいですから、って言ってた」

「そんなわけにはいかないわよ」

「うん。そうだな」

「今……病院ね、綾香ちゃん」

「行くか? 車で送ろう」

「でも、珠実ちゃんが……。今、綾香ちゃんに電話するわ。私、珠実ちゃん寝かしてから、タクシーを呼ぶ。あなた、珠実ちゃんを見てて」

「分った」

爽香はふっと肩を落として、

「そうだったのね」

と呟いた。

兄、充夫《みつお》の妻則子に肝臓ガンが見付かったのは去年のことだ。浜田今日子《はまだきようこ》の紹介で入院、手術を受けたが、かなり進行していて、取り切ることはできなかった。

その後は抗ガン剤の治療が続いて、当人の体力も落ちていたが……。しかし、こんなに突然に。

「お母さん、まだ?」

珠実の声に、

「はい！　今行くわ！」

と、爽香は下着姿にバスローブをはおって駆けて行った……。

2　落葉の季節

病院の前で、涼《りょう》が待っていた。

爽香はタクシーを降りた。

「涼ちゃん……」

「叔母《おば》さん。すみません、忙しいのに」

と、涼が言った。

爽香は黙って涼を抱いた。——もう十九歳の涼は爽香よりずっと背が高い。

涼は涙を拭《ぬぐ》って、

「瞳《ひとみ》はまだ家にいるんだ。知らせてない」

「そう。——もう中学生だものね。知らせずにおくのは可哀《かわい》そうよ」

「うん……。叔母さん、いてくれる？　僕が瞳を連れて来る」

「もちろんいいわよ。じゃ、タクシーで」

爽香は財布から札を出して渡した。

「どうも。——じゃ、お母さんの所に」

「まだ病室?」

「たぶん」

「行って訊《き》くわ。涼ちゃんはお家《うち》に」

「うん」

爽香は、夜間通用口から中へ入った。

何度も通った病室へと急ぐ。——もうあそこへ行くこともなくなるのだ。

顔見知りの看護師が廊下にいて、

「杉原さん。——今、霊安室の方へ移されました。娘さんも」

「分りました。あの……長い間、お世話になりました」

「いいえ。残念でしたね。急に体力が……」

爽香は、病室を覗《のぞ》いた。

誰もいないベッド。——それを見ると、爽香の中にこみ上げてくるものがあって、中へ入ると、戸棚にもたれて泣いた。

ほんの少しのことだったが。

そして、ハンカチで涙を拭くと、

「しっかりしなきゃ……」

と呟いて、病室を出た。

――〈霊安室〉へ入って行くと、

「来てくれたんだ」

と、綾香が立ち上った。

「当り前じゃないの」

「見てあげて」

と、綾香は言った。「昔のお母さんの顔に戻ってる」

爽香は手を合せて、

「――本当ね。幸せそうだわ」

と、小さく肯いた。

「ゆうべ来たとき、お母さんが言ったの。『私は散々好き勝手して来たわね』って。そして、『綾香も好きなようにしていいのよ』って言った。――私、そのとき、ああ、お母さん、もうすぐ死ぬのかな、って思った」

「綾香ちゃん……」

「でも、こんなにすぐなんて……」

綾香が肩を震わせて、爽香にすがりつくようにして泣いた。

「よくやったわね、綾香ちゃん。則子さんも、ありがたいと思ってたのよ」

爽香は綾香を抱いて、静かに背中をさすっていた。

確かに、則子は家族に迷惑もかけていた。しかし、元はと言えば夫の充夫の身勝手のせいである。

苦労を一身に背負った綾香としては、母に色々複雑な思いがあったろうが、こうして亡くなってしまえば、良かったころの思い出しか残らないのかもしれない。

「涼ちゃん、お家に瞳ちゃんを迎えに行ったわ」

「タクシーで？　あいつ、お金、持ってるかな」

「私が渡したから」

「ごめんね」

「それより、兄は知ってるの？」

「まだ、じゃないかな。薬のせいで早く寝ちゃうから」

「そう。——お酒は？」

「量は減ったけど……。まだ毎日飲んでる」

「言ってもだめね」

と、ため息をつく。

「我慢させようとすると、おばあちゃんに当るの。聞いてらんなくて、涼があげちゃうみたい」

「そう……。仕方ないね」

と、爽香は肯いた。「そうだ。葬儀《そうぎ》の手配とか、どうした?」

「そう! それを相談したくて。病院の人から色々言われてるけど、私じゃ決められませんから、って言ってある」

「それでいいわ。お父さんのときに頼んだ所がいいと思う。私、連絡するから」

「ありがとう! ホッとした」

「任せて。——仕事、休める?」

「明日、高須《たかす》先生に連絡してみないと。でも、お通夜と告別式の予定が分らないとね」

「今から電話してごらんなさい。大丈夫よ」

「そうかな。——講演とか、地方の仕事は来週までないの」

「じゃ、何とかして下さるわよ」

「先生に電話して来る」

「うん、ここにいるから」

綾香が霊安室を出て行く。

高須雄太郎《ゆうたろう》の秘書としての意識が戻っている。——これでいい。

爽香は椅子にかけて、則子の穏やかな顔を見ていた。——色々な記憶が浮んでは消える。

同時に思っていた。

私も、身近な人を失う年代になったのだ、と……。


「分りました」

ケータイに出た久保坂《くぼさか》あやめが言った。

「今日、夕方には行けると思うから。そのときまでに会議の予定をまとめておいて」

「承知しました」

と、あやめは言った。「チーフ、無理に出社しなくても——」

「そうはいかないわ。後で大変だもの。S社の見積《みつも》り、今日までだったでしょ？」

「ええ。じゃ、すぐ出せるようにしておきます」

「悪いわね」

「そんなこといいですけど……。あんまり眠ってないんじゃないですか？」

「こういうときは仕方ないわよ」

爽香は自宅に戻っていた。

珠実を保育園に連れて行くのは、明男がやってくれたが、少し眠ろうと思っても、色々な思いが頭をよぎって、寝つけない。

葬儀社と打合せて、明日がお通夜、明後日が告別式ということになったので、それを元に仕事の予定を組み直す。

とはいえ、相手のある面会や打合せ、交渉ごとはこっちの都合だけでは変えられない。そこはあやめが何とか調整する、と請《う》け合《あ》ってくれた。

「結果、分り次第メールします」

「よろしくね。——社長には私から電話しておくから」

「分りました」

もう仕事の始まっている時間だ。

「チーフ、今お宅ですか？」

「ええ。これから実家に行くわ。兄にまだ話してないの」

「気が重いですね」

「ええ。でも、私から話すのが一番……。そちら、旦那様はお元気？」

「ピンピンしてます」

と、あやめは言った。

久保坂あやめは、今年の三月に、画家の堀口《ほりぐち》と結婚したのだ。九十一歳の夫だが、至って仲はいい。

ただし、「巨匠《きょしょう》」と結婚したために、後で遺産や作品の管理について親族ともめるのを嫌って、あやめは入籍《にゅうせき》を拒《こば》んだ。

「その代り、うんと豪華な結婚式にして！」

と、要求したのである。

一流ホテルで、三百人の招待客の華やかな披露宴《ひろうえん》となって——もちろん、爽香も出席した——お色直し二回、堀口にも白いタキシードを着せた。

「恥ずかしくて死ぬかと思ったよ」

と、後で堀口は爽香に言ったものだ。

あやめが仕事を辞《や》めないのは、堀口の勧《すす》めにもよるのだが、あやめは、

「あの人が寝たきりになったら、仕事休んで、ずっと付いていてあげます」

と、爽香に言った……。

——爽香は黒いスーツに着替えた。

一目見れば、兄の充夫も察するだろう。

爽香は綾香へ電話を入れた。

「——さっき起きた、お父さん」

と、綾香が言った。

「分ったわ。今から出る」

「うん」

確かに、妻の死を聞いて充夫がどうするか、想像がつかず、気は重かったが、一度は言わなければならないのだ。

爽香は姿見の前に立って、服装を確かめると、家を出た……。

「瞳、行くぞ」

と、涼が声をかけると、空になったベッドに腰をかけていた瞳が、

「うん」

と肯いて、ヒョイと床に下りた。

「忘れてる物ないか。――戸棚の中、もう一度見てくれ」

「はい」

瞳が戸棚を開けて、「――何もないよ」

「よし、行こう」

涼は両手に大きな手さげ袋をさげていた。

亡くなった母、則子の物を全部持って帰るのである。もうこの病室に来ることもない。

「色々ありがとうございました」

と、涼は同室の他の患者に挨拶した。

「いいえ。気を落とさないでね」

と、隣のベッドだった六十ぐらいの女性が言った。

則子はこの女性によく文句を言ったりしていたものだ。

涼は黙って深くおじぎをした。

「——お兄ちゃん」

と、病室を出ると瞳が言った。「あのベッド、すぐ他の人が入るのかなあ」

「そうだろ、きっと。病人って沢山いるんだ」

「そうだね……」

二人は看護師たちにも礼を言って、エレベーターへと向った。

「私、トイレに寄ってく」

と、瞳が言った。

「ああ。じゃ、そこに座ってるよ」

涼は廊下の長椅子に座って、荷物を床に下ろした。

大学の講義については友人にノートを頼んだ。バイト先にも連絡しなくては。

「まだ早いな……」

午後にならないと、店長が出て来ない。

当日の休みの連絡はいやがられるが、事情が事情だ。仕方ないだろう。

そのとき、エレベーターの扉が開いて、

「急患です!」

という声がした。

ストレッチャーに乗せられて、パジャマ姿の男が運ばれて来る。髪が白くなっていて、六十前後かと思えた。

看護師がガラガラとストレッチャーを押して、

「先生を！」

と、緊迫《きんぱく》した声で言った。

発作でも起《おこ》したのか。——涼はその患者を目で追った。

すると、エレベーターから降りて来た若い女性が、少し離れて追って来た。

やはりパジャマにガウンをはおっている。よほど突発的なことだったのだろう。

看護師が数人駆けて来ると、いかにもプロの手ぎわで患者を運んで行く。

若い女は、置き忘れられたように、ただ廊下に立ち尽くしていたが……。

「——岩元《いわもと》？」

と、涼は言った。

その若い女は振り向いて、

「杉原君」

と、目を見開いて、「どうして……」

「お袋が死んだんだ、ゆうべ」

「そう……」

「急病？」

「え……。そう。心臓だと思う」

同じS大の同期生である、岩元なごみ。涼といくつか同じ講義を取っていた。

「先生……前から心臓が悪いって……」

そう聞いて、初めて分った。

「今の――岸田《きしだ》先生か！」

岩元なごみは黙って涼を見ていた。

そうか……。S大の岸田教授だ。大学で見るのと違って、あの格好では分らなかった。

そして、岩元なごみと一緒にいたということは……。

岸田教授と岩元なごみ……。

「お願い」

と、岩元なごみが言った。「言わないで、誰にも」

「――分った」

と、涼は肯いた。

トイレから瞳が出て来て、

「行こうか」

と言った。「――どうかした？」

「いや、別に」

涼は手さげ袋を持つと、「電車で帰るだろ」

と言った。

3 後悔

「いい写真だね」

と、爽香は言った。

「ね？　私もそう思う」

と、綾香が肯く。

間もなく通夜が始まる。

正面の則子の写真は、大分前のものだが、屈託《くったく》なく明るい笑顔を見せていた。

ああ。こんな笑顔にもなれる人だった。

爽香は思い出して、胸が痛んだ。

「ピントが甘いよ」

と、涼が言った。

「涼ったら。――写真部にいると、うるさいことと」

と、綾香は苦笑した。「涼。瞳のこと、見て来て」

「うん。——もう中学生だぜ」

「だけど、お母さんっ子だったから。気を付けててよ」

「分った」

涼は借り物の黒のスーツ。むろんネクタイも黒だが、

「ちょっと、涼ちゃん」

爽香は涼のネクタイを直して、「ちゃんときっちり締めないと、だらしなく見えるわよ」

「だって、こんなもんしたことないから、苦しくって」

「仕方ないでしょ」

綾香が、

「お父さん、見て来る」

と、出て行った。

今は通夜も告別式も斎場でやるので、準備は楽だ。——自宅でやる手間を考えると、少々のお金は仕方がない。

「間に合ったな」

明男がやって来た。

「仕事、大丈夫?」

「ああ。明日はちょっと無理だけどな」

「仕方ないわよ」

と、爽香は肯いた。「涼ちゃん、お寺さんは？」

「うん、もうみえると思うけど」

涼が式場を出て行く。

「――ずいぶん大人になったな、涼ちゃんも」

と、明男が言った。

「そうね。――大変でしょうけど、ちゃんとやって行ってるわ」

「充夫さんは？」

「今、綾香ちゃんが控室《ひかえしつ》を見に行ってる」

と言ったところへ、

「爽香おばちゃん」

と、綾香が戻って来る。

「どうしたの？」

「お父さんがいない」

「いない？」

爽香と明男は顔を見合せた。

「しかし、車椅子だろ？　遠くへ行けるはずが……」

「捜してみましょ。――手間のかかる兄貴だ！」

と、爽香は式場を出た。

――妻の死を聞いて、充夫はほとんど何の反応も見せなかった。

「そうか」

と、ポツリと言ったきりだった。

爽香としてはホッとしながら、同時に見えないところでの兄の思いを推《お》し測《はか》れず、不安だった……。

「手洗いにでも行ったかな。見て来る」

と、明男が言った。

「うん、お願い。私は別の方を」

控室は二階だが、エレベーターを使えば一階にも行ける。爽香は階段で一階へ下りると、斎場の係の男性に、

「車椅子の男の人、見ませんでしたか？」

と訊いた。

「車椅子？　ああ、そういえば、さっき向うへ行ったようでしたが……」

「ありがとう」

爽香は急いで斎場の中を突っ切って行った。

式場はいくつもあって、よその通夜も営《いとな》まれていた。

「どこへ行ったんだろ……」

と、周囲を見回すと——。

暗い屋外に、チラッとそれらしい人影を見付けた。

急いで近くの出入口から外へ出る。

狭い庭があって、ほの白い街灯《がいとう》が一つ、ポツンと灯《とも》っていた。その下に、車椅子の後ろ姿が見えた。

「お兄さん。捜したよ」

「ああ……」

と、呻《うめ》くように言った。

「風邪ひくよ。控室に戻ろう」

と、できるだけ穏《おだ》やかに声をかける。

兄の顔を覗き込んで、爽香は何も言えなくなった。充夫は涙を流していた。

「爽香……」

「うん。何？」

充夫は爽香の手を握ると、黙って何度も頭を下げた。爽香は戸惑《とまど》って、

「何？　どうしたの？」

「すまん……」

と、呻くように言うと、充夫は爽香の手を握りしめたまま泣いた。

「——いたのか」

明男がやって来る。爽香は首を小さく横に振った。

明男は、充夫の様子を見て、黙って肯くと式場の方へ戻って行った。

充夫はなおしばらく泣いていたが、やっと顔を上げると、

「俺が……死ねば……良かった……」

と、押し出すように言った。

「何を言ってるの」

爽香は兄の頭を抱き寄せて、「綾香ちゃんたち、頑張ってるじゃないの。お兄さんの子供たちなんだよ。ちゃんと大人になるのを見届けなきゃ」

「うん……」

「さあ、式場に行こう。則子さんを、ちゃんと見送ってあげないと」

充夫は肯いた。

爽香は車椅子の向きを変えると、ゆっくり力をこめて、押して行った……。

お通夜の客は、やはり爽香の関係の人が多かった。

仕事の関係なので、直接は則子も充夫も知らない人たちである。ただ、そうして途切れずに焼香《しょうこう》の人が続いて、それはそれで助かった。

「あ……」

爽香は、久保坂あやめが夫の堀口と二人でやって来たのを見て、驚いた。

あやめには、明日の告別式で受付を任せることになっている。

焼香を終えて表に出た堀口とあやめを、爽香は追って行って、

「わざわざ恐れ入ります」

と、堀口に礼を言った。

「いや、まだ若かったろうにね」

と、堀口は言った。「もっとも、この年齢《とし》になると、お通夜と言っても、年下の仏《ほとけ》さんばかりだ」

それはそうだろう。堀口は九十一歳である。しかし、少しも老いた印象を受けなかった。

「チーフ、疲れないで下さいね」

と、あやめが心配そうに言った。

「大丈夫。今のところはね」

「でも、今、仕事もずいぶん忙しくて……」

「そうそう。N建設の方、どうなった？」

「チーフ」

と、あやめはちょっとにらんで、「そんな風だから疲れるんですよ。N建設の件は今週一杯まで結論が延《の》びました。うちのせいじゃないですよ。〈M地所《じしょ》〉の都合だそうです」

「そう。分ったわ。何かあれば連絡して」

「任せて下さい。チーフはデンと構えてればいいんです」

あやめの言葉はありがたかった。

「じゃ、戻ります。堀口さん、ありがとうございました」

「いや……。気を付けてね」

「はい。失礼します」

「明日は九時に来ます」

と、あやめは言った。

「よろしくね」

——爽香が式場へ戻って行くのを見送って、

「却《かえ》って気をつかわせてしまったかな」

と、堀口は言った。

「そんなことないわ」

あやめは堀口の腕を取って、「ただ、心配なの。お兄さんのこともあるし、生活を支えて行くのも大変だし……」

「仕事はますます忙しくなりそうなんだろう？」

「うちの社としては、ちょっと背伸びし過ぎた仕事だと思うんだけど……。社長が爽香さんに期待してるのは分るけど、何でも一つ決めるのに、いくつもの大企業と交渉しなきゃいけなくて。――相当に疲れてると思う」

「できるだけ力になってあげなさい」

「もちろんよ！　それにはあなたが元気でいてくれないとね」

あやめは堀口にピタリと寄り添って、車の待つ方へと向った。

一方、爽香は式場へ戻ろうとして――。

「あ、すみません」

隣の式場から出て来た男性と、危うくぶつかりそうになった。

「いや、こっちこそ……」

と、その男性は言って、「やあ、杉原さんじゃないですか」

「え？」

爽香は一瞬戸惑ったが、「――あ、佐伯《さえき》さんですね、〈Sプランニング〉の」

「いや、こんな所で……」

と、男は言った。「どなたか身内の方が？」

「義姉が亡くなって」

「そうですか。——僕は営業部長の母親が亡くなってね。告別式よりは通夜の方が出やすいから」

佐伯良治《よしはる》は、五十そこそこの人当りのいい男性である。今度のプロジェクトで、しばしば打合せに同席している。

「来週、一つ打合せがありましたね」

と、佐伯は言った。

「ええ。よろしく」

「こちらこそ。——そうだ」

行きかけて、佐伯は思い出したように、「この前、話の出ていた箱根《はこね》の宿ですが、名前思い出したので」

「ごていねいに」

「といっても、今は電話番号も分らない。明日、社からファックスしておきますよ」

「よろしくお願いします」

と、爽香は微笑んだ。

正直、そんな話が出ていたことも忘れているのだが、そういうことをよく憶《おぼ》えているのが、佐伯という男である。

そこへ、急に足早にやって来た女性がいた。表から入って来て、黒のスーツではない。

佐伯がその女性を見て、びっくりした。

「お前――。何してるんだ、こんな所で」

「あなたなのね！」

四十代の半ばくらいのその女性は佐伯の妻らしかったが、なぜか爽香をにらんでいる。

「おい、みどり！　よせ！　この人は仕事でたまたま――」

「じゃ、どうしてこんな所にいるのよ！」

どうも爽香のことで誤解しているらしい。

「――奥様でいらっしゃいますか」

と、爽香は言った。

爽香の落ちついた対応に、みどりも「これはどうやら違うらしい」と気付いた様子だ。

「それは失礼しました」

と、渋い顔で詫《わ》びた。

「全く、恥をかかせてくれるなよ」

と、佐伯が苦々しげに、「ともかく、帰るぞ。――杉原さん、失礼します」

「どうも」

まだやり合っている夫婦を見送って、爽香は首を振った。

佐伯のようなタイプは女性にもてる。

決して二枚目でもないし、スタイルがいいわけでもないのだが、気配りができて――特に女性に対して――話に出たことを忘れないという点が、魅力なのだ。

奥さんがああして乗り込んで来るぐらいだから、きっと佐伯はこれまでも女性関係で夫婦のトラブルを起しているのだろう。

「男はこりないわね」

と、爽香は呟いて、お通夜の席に戻ろうとした。

「ちょっと失礼」

呼び止められて振り向くと、ずんぐりした中年男性が立っている。その雰囲気は、もしかして……。

「N署の者です」

やはり刑事か。――さすがに（？）爽香の直感は当る。

「何か……」

「今、お話しされていたのは佐伯さんですね」

「そうです」

「あなたは〈Sプランニング〉の方？」

「いえ、仕事でお付合《つきあい》のある会社の者です」

ここで偶然《ぐうぜん》会ったことを説明する。

「――分りました。いや、失礼」

「いいえ」

刑事は行きかけたが、

「これ、私の名刺です。もし、佐伯さんのことで何か連絡したいことがあれば、このケータイへ」

爽香は黙ってそれを受け取った。

「――ごめん」

お通夜に戻って、爽香は隣の充夫に言った。

充夫は聞こえているのかどうか、何も言わずに、じっと祭壇《さいだん》の則子の写真を見ている。

爽香はまだ手に持っていた名刺をそっと見下ろした。――〈宮入始《みやいりはじめ》〉とある。

妙な話だ。「何かあれば」と言いながら、爽香の名前すら訊くことなく、自分の名刺だけ置いて行く。

佐伯が何か事件に係っているのか？

いやいや、そんなことは自分と関係ない。

爽香は、ともかく目の前の通夜の客へと注意を向けた。

4　通夜の客

「あ……」

と、涼が短く声を上げた。

焼香したその黒いワンピースの女性が、目の前に来るまで誰だか分らなかったのである。

「ご愁傷《しゅうしょう》さまでした」

と、その娘は固い口調で言った。

「わざわざ……」

と、涼は口ごもった。

爽香はその娘を目で追って、

「涼ちゃん、知ってる人？」

「うん、大学の子。写真部だから、その代表で、たぶん」

「ああ、そうなの。大学生？　大人びた子ね。ああいう格好だからかしら」

「見違えちゃって、すぐには分んなかったよ」

と、涼は言って、「ちょっとごめん」

急いで立つと、表に出て行った彼女の後を追った。

足早に斎場を出ようとしている娘に、

「岩元！」

と、声をかける。

涼は追いついて、

「びっくりしたよ」

と言った。

「写真部の幹事だもの、私」

と、岩元なごみは言った。「明日の告別式は出られないの。それでお通夜に……」

「ありがとう。――ちょっと見て、分らなかったよ」

「少し大人に見える？」

と言って、岩元なごみはちょっと上目づかいに涼を見た。

「お前――大人だろ」

と、涼は言った。「似合うよ」

「皮肉？　母の借り物よ、これ。サイズが同じなの」

と、なごみは言った。「杉原君……」

「誰にも言ってない。大丈夫だ」

と、涼は急いで言った。「岸田先生、どうした？」

「命は取り止めたわ。何とか」

「そうか。良かったな」

「でも、当分入院ですって」

「休講か。――レポート、助かるよ」

と言って、「だめだな、こんな悪い冗談言ってちゃ」

「いいのよ。どうせ遊び相手だったの、私」

「岸田先生にとって？」

「そうよ。知らないの？　毎年、新入生の一人は、あの先生に引っかかってた」

「そうなのか。じゃ、岩元も？」

「ええ。――でも、病気で倒れてくれて、ふっ切れたわ」

「あの後……どうしたんだ？」

「私がついてるわけにはいかないでしょ。病院の人に、先生の自宅の電話番号を教えて奥さんに連絡してもらった」

「そうか……」

「もう戻った方がいいわ」

「うん」

「明日、大変ね」

「僕より――親父《おやじ》が参ってるし、それに叔母さんが」

と、涼は言って、「じゃ、ありがとう。わざわざ」

「いいえ。じゃ、私……」

「うん」

何となく二人はそのまま立っていたが――。

「杉原君。――今度、一度付合《つきあ》って」

「ああ」

「私のケータイ、知ってるわね。夜、かけてみて。出られたら出る」

「そうするよ」

「じゃ、これで」

なごみは軽く手を振って、歩き出した。

涼は通夜の席に戻って、父の隣に座った。

こんなときなのに……。母のお通夜だというのに。

涼の心を占めているのは、あの大人びた黒いワンピースの岩元なごみの姿だった。

いや、正しくは、あの病院で見たパジャマにガウンをはおった姿。そして、岸田教授に抱かれている裸のなごみの幻だった……。

「お疲れさま」

爽香は綾香の肩を抱いて、「明日も早いわ。ちゃんと寝るのよ」

と言った。

「うん。私は大丈夫」

気が張っているのだろう。綾香は背筋も伸びてしっかり立っていた。

母、真江《まさえ》は家にいる。明日の告別式には出るが、あまり疲れさせたくない、と爽香は思っていた。

「――爽香」

明男が車を正面に回して来た。

「ありがとう。兄さんを頼むわ」

「ああ。車椅子はトランクにしまう」

爽香は、葬儀社の人に挨拶をして、式場を出た。

「ね、おばちゃん」

と、綾香が言った。「明日、最後の挨拶、お父さんしゃべれないし。おばちゃん、代りにやってくれる?」

「私が？」

爽香は、ちょっと迷った。本当なら、綾香が充分やれる年齢だが、そのことで綾香があまり考えてしまうのなら、やめた方がいいと思った……。

「分った。じゃ、私が代りに」

「ありがとう！　私——泣いちゃいそうで」

と、綾香は声を詰らせた。

あの母親のせいで、ずいぶん苦労して来た綾香だが、いざ失《うしな》ってみるとショックは大きいのだろう。

明男が、充夫を手伝って車に乗せる。

「涼ちゃんたちを乗せて行って。私は最後に出て、タクシーで行くから」

「じゃ、私も一緒に」

と、綾香が言った。

「分った。じゃ、先に行って待ってる」

珠実は母、真江が見てくれているのだ。

明男が運転する車を見送って、

「さあ……。疲れたでしょ。近くでお茶でも飲まない？」

「うん。それと——お腹《なか》が空《す》いちゃった、私」

「そうね。何か軽く食べようか」

爽香は、綾香の肩を軽く叩《たた》いた。

「荷物は大丈夫？」

「あ、控室に置いてある。取って来るね」

「他にも何か忘れ物ないか、見て来て」

「分った」

綾香が二階へと階段を上って行く。

爽香が一階のロビーで待っていると――。

「失礼ですが……」

と、おずおずと声をかけて来た女性がいた。

「はい？」

「あの……さっき、佐伯さんとお話しされていた方じゃ……」

「ええ。仕事でお付合があって。たまたまここでお会いしたんで」
二十七、八というところだろうか。黒のスーツのせい、というだけでなく、色白で、どこか儚《はかな》げな感じの女性だ。
「私、佐伯さんと同じ〈Sプランニング〉の小林《こばやし》と申します。小林京子《きょうこ》です」

「はあ……」

「あの……刑事さんとも話しておられたようにお見受けしましたが」

「ええ。私が佐伯さんと特別な仲かと思ったみたいで」

と言いながら、爽香は何となく察していた。

「刑事さん、何か言ってましたか」

「いいえ」

と、爽香は首を振った。「佐伯さん、何か問題でも？」

「いいえ！」

と、小林京子は強い口調で、「何もありません！　佐伯さんは何も……」

と言いながら、

「すみません。――あの刑事が本当に捜していたのは私です」

と、目を伏《ふ》せた。

「つまり、佐伯さんと……」

「はい。愛し合っています。ここ一年ほどです」

愛し合っている、という言い方は、どこかもの悲しかった。

佐伯にとっては、ただの遊び相手かもしれない。この女性も、おそらくそれを分っているのだ。

「何か〈Sプランニング〉で起ってる、ということですね」

と、爽香は言った。「もちろん、私が知らなくてもいいことでしょうが」

「でも——いずれ、お耳に入ると」

「そうですか」

爽香はちょっと二階の方へ目をやって、「姪《めい》が上に行って、すぐ戻って来ます。ゆっくりお話ししている時間はないので、改《あらた》めて——」

「そうですか。すみません。私、夜でしたら時間が取れます」

「分りました。連絡先を教えていただけます？」

「はい。これ——」

と、バッグから名刺を出して、ボールペンでケータイ番号を書き添《そ》えると、「これ、私個人のケータイです。お電話いただけますか？」

訴えかけるような視線は真剣だった。

「分りました。今夜は無理ですが、明日の夜にはご連絡します」

「お願いします」

と、小林京子は深々と頭を下げた。

「小林さん——でしたね」

「はい」

「なぜ私に大事なお話を？　私のことを、もしかしてご存知ですか」

少しためらって、

「実は——杉原爽香さんだな、と思っていました」

「私の名前を……」

「佐伯さんから何度か聞かされていました。〈G興産《こうさん》〉にとても優秀な人がいる、と」

「それはちょっと——」

「いえ、本当に佐伯さん、杉原さんには感服しているんです。宣伝や広告の業界は、普通と違う感覚の人が多くて、私なんか、ついて行けないこともあります。佐伯さんは、杉原さんのような方がうちの業界にいてくれたら、と言っています」

「素人ってだけですよ」

と、爽香は少し照れて言った。

「おばちゃん、お待たせ！」

と、綾香が二階から下りて来る。

「では、これで」

と、小林京子は急ぎ足で行ってしまった。

「知ってる人？」

と、綾香が訊く。

「そういうわけじゃ……。さ、何か食べて帰りましょ」

と、爽香は綾香を促して言った。

斎場の門を出ると、五、六十メートルの所にファミレスが明るく光って見えた。

「あそこに入ろう」

と、爽香が言った。

歩いて行くと、少し先を小林京子のせかせかと歩く後ろ姿が見えた。

すると——黒塗《くろぬ》りの車が一台、爽香たちを追い越して行った。そして、小林京子のそばで停《とま》ると、ドアが開いて、男が二人車から降りて来る。

「え?」

爽香は足を止めた。

男たちが小林京子を両側からつかまえて、車へと押し込んだのだ。ドアが閉り、車はすぐに走り出した。

「——おばちゃん、今の見た?」

「うん」

迷う暇はなかった。爽香は走って来たタクシーを停《と》めると、

「前の黒い車を追いかけて!」

と言いながら素早く乗り込んだ。

綾香もあわてて乗る。

「何か分らないけど、万一ってことがあるわ。あれはどう見ても無理に乗せたとしか思えない」

「おばちゃん――」

「どうするの?」

爽香は運転手に、

「前の車に近付いて下さい。追いかけてるって分らせるように」

「何ごとです?」

「分りません。でも、人の命が危険かもしれないので」

爽香はケータイを取り出すと、さっきの宮入という刑事のケータイへかけた。

「――もしもし。杉原といいます。さっき斎場で。――そうです。今、女性が車に押し込まれて、連れ去られるのを目撃しました」

爽香は道路と方向を説明して、「万一のために手配を。――よろしく」

綾香は呆《あき》れたように、

「おばちゃん、刑事になった方がいいよ」

と言った。

5　危い話

爽香たちの乗ったタクシーは、小林京子を乗せた黒塗りの車にピタリとついて走っていた。

綾香は気が気でない様子で、

「大丈夫？　気付かれたら危くない？」

「ギャング映画じゃないんだから」

と、爽香は言った。「尾《つ》けられてると分ったら、却って無茶はできない。それに——」

爽香は前方の車を見て、

「綾香ちゃんのケータイの方が新しいわね」

「え？」

「前の車のナンバーを撮って」

「ああ。——分った」

綾香がケータイを取り出し、たて続けに何枚か撮った。画面をチェックして、

「うん、写ってる」

タクシーの運転手は笑って、

「ドラマみたいだね」

と言った。「ああ、パトカーだ」

サイレンが近付いて来る。

すると、突然前の車は道の端《はし》へ寄せると、スピードを落とした。そしてドアが開くと、中から小林京子が放り出されたのだった。

「停めて下さい！」

と、爽香は言って、急いでタクシーを降りると、倒れている小林京子へと駆け寄った。

「小林さん！　大丈夫ですか？」

と呼びかけると、京子は上体を起して、

「ええ……。車から落ちたときに肘《ひじ》を打って……」

と、左の肘をかばった。

「触らない方が。——もう大丈夫ですよ」

「杉原さん……。どうして私のことを？」

と、京子は言った。

「後ろを歩いてて、あなたが車に押し込まれたように見えたものですから。——余計なことだったでしょうか」

「いいえ！」

と、京子は首を振って、「あのままだったら、私、どうなってたか……」

「立てますか？　今、パトカーが来ます」

「そうですね。あれも杉原さんが？」

「サイレンを聞いて、あなたを降ろしたんでしょう」

京子はまじまじと爽香を眺めて、

「本当に……ユニークな方ですね、杉原さんって」

と言った。

「確かにね」

と言ったのは、タクシーを降りて、そばに来ていた綾香だった。「おばちゃん、タクシーの人が、どうしますか、って」

「あ、そうね。でも小林さんを……」

爽香は、やって来たパトカーの警官に京子を託《たく》すことにして、「小林さん。宮入っていう刑事さんが――」

「はい、分ってます」

「じゃ、宮入さんに会って下さい。連絡してもらいますから」

「ありがとう……。今、〈Sプランニング〉で、贈収賄《ぞうしゅうわい》の問題が持ち上っていて。例のプロジェクトを巡ってなんですけど」

〈M地所〉が手がける大規模開発には、爽香も係っているのだが、少なからず公的機関の許《きょ》認《にん》可《か》が必要な部分がある。

「それだけじゃないんです」

と、京子は言った。「今の社長は二代目で仕事のことがよく分ってないんです。社内でも、社長に付く人と反発する人と、二つに分れて争いになっていて……」

「佐伯さんがそこに絡んでるんですね」

爽香の言葉に、京子はただ嘆息《たんそく》するだけだった。京子をさらって行こうとした者までいたくらいだ。事情は複雑なのだろう。

パトカーがやって来て停ると、爽香はもう一度宮入へ電話して、

「――こんなわけで、小林京子さんをお願いします」

「承知しました」

「あ、小林さんを連れて行こうとした車のナンバーを撮りましたので。綾香ちゃん、番号、読める？」

車のナンバーを伝えると、「では、よろしく」

「いや、面白い人ですな」

刑事にまで言われてしまった……。

「全くお前は……」

明男がそれだけ言って、諦《あきら》めたように首を振った。

「分ってる。ごめん」

と、爽香は肯いて、「でも放っとけなかったのよ」

「それは分るけど……」

明男は車を運転しながら、「珠実だっているんだし……」

「うん」

爽香にも、明男の言いたいことは分っている。物騒《ぶっそう》なことに係って、珠実までとばっちりを食うようなことになったら……。

明男以上に、爽香は珠実のことを心配している。だからといって、放っておけないことがあるのだ。

いや、〈Sプランニング〉のトラブルに、これ以上係るつもりはなかった。もうこれきりにしよう。

「もう、これっきりにする」

と、爽香が口に出して言うと、明男は黙って苦笑いした。

「本当だよ」

と、爽香はむくれたが、明男に信用されなくても仕方ない、とも思っていた。

爽香は後ろの座席に座り、膝《ひざ》に頭をのせて珠実が眠っている。

「明日は出られないけど、お母さんによろしく言ってくれ」

「分ってるわよ、大丈夫」

と、爽香は言って、「あ、メールだ」

ケータイがメールの着信を告げた。

「布子先生からだ」

河村布子からのメールで、〈則子さんのこと、浜田さんから聞きました。お気の毒でした。明日の告別式には伺います。布子〉とあった。

爽香はお礼のメールを打った。

「そういえば」

と、明男が言った。「河村さん、どうなんだろう?」

「ああ……。あんまりよくなさそうよ」

「そうか。河村さんだって、まだ若いよな」

「そうね……。爽子ちゃんはともかく、達郎《たつろう》君は高校生だし、志乃《しの》さんとこのあかねちゃんはまだ小学生だものね」

「体を大切にしなきゃな」

「そうね……。明男もね」

「お前は病気より刺されたりする方に用心しろ」

「それを言う？　ひどいなあ」

すると、いつの間にか珠実が目を開けていて、

「何がひどいの？」

と訊いた。

「何でもないわよ！」

爽香は珠実の額《ひたい》にチュッとキスした。

赤信号で車が停る。——明男はそっと手もとでケータイのメールを読んだ。

〈杉原さん、お元気ですか？　みさきはこのところ、仲のいいお友だちができて、あまりあなたのことは言わなくなりました。ホッとしながら、寂《さび》しい気もしています。お時間のあるとき、またお寄り下さい。夕ご飯でも食べられたら嬉しいです！　大宅栄子《おおやひでこ》〉

大宅みさきは、毎日明男がスクールバスで送り迎えしている子だ。母親の栄子は未亡人。母と娘、二人の暮《くら》しに、明男は特別係っているわけではない。だが——大宅栄子は、毎日スクールバスを運転している明男に、思いを寄せている。

明男は、栄子との間がこれ以上進まないようにしようと決心している。当然のことだ。

だが、自分へそう言い聞かせなければならないのは、明男自身、危ういものを抱えている

と分っていたからだ……。

「——明男、明日は遅くなる？」

と、爽香は訊いた。


「涼ちゃん、早く寝てね」

と、綾香は声をかけた。

「うん、分ってる」

涼はドア越しに答えた。

「明日は疲れるわよ」

「大丈夫だよ」

「おやすみなさい」

「おやすみ……」

涼は、姉が自分の部屋へ行ってしまうのを気配で確かめると、ケータイを手に取った。

「ごめん」

「いいの。——大丈夫？」

と、岩元なごみが言った。

「うん。明日があるから早く寝ろ、って」

「ああ、そうね」

と、なごみは言って、「ごめんなさい。杉原君のお母さんのこと、つい忘れておしゃべりして……」

「いいんだよ」

「私も……誰かと話していたかったの」

「誰でも良かったのか」

「違うわ。分ってくれる人でなきゃ……」

と、なごみは言って、「安っぽいメロドラマね、大学の教授と女子学生なんて」

「そうとも限らないだろ。それに――別れたんだろ?」

「そりゃあね」

と、なごみは言った。「あんなことになって……。奥さんに内緒で借りてたアパートのこともばれちゃったし、岸田先生、当分は退院できそうもない。退院して来たって、心臓だもの、無理できないわ」

「そうだな」

「奥さんが今はずっとついてるみたい。当り前か」

「お前……奥さんのこと、知ってるのか」

「先生のお宅に何度か行ってるからね。――先生とああなってからも、二回行った」

「気付かれなかったのか」

「さあ……。奥さん、分ってたんじゃないかしら。だって、これまでも何人もいたわけでしょ。分らないわけないと思う」

「まあ、そうだな」

「でも、もう諦めてたのよ、きっと。病気だとでも思って」

「しょっちゅう会ってたのか？」

「そうでもない。先生、忙しいし。週末っていっても、学会とか多かったからね」

——話しながら、涼は岩元なごみとの「距離」を感じないわけにはいかなかった。なごみの話は本当に「大人の世界」で、涼は全く知らないものだった。

「それで……」

と、なごみは続けた。「ごめん、杉原君」

「何だい」

「涼君って呼んでいい？」

「ああ、別に……構わないけど」

「お願いがあるの。——こんなこと、申し訳ないんだけど、他に頼める人がいなくて」

「というと？」

「その先生と借りたアパートに、私の物が残ってるの。それを取って来てほしいんだけど」

「ああ……。そういうことか」

と、涼は肯いて、「でも、僕で分るのかな」

「先生の物はたぶんもう残ってない」

「それって――」

「奥さんが持ってったと思うわ」

「おい、待てよ」

と、涼は言った。「じゃ、もしかしたら向うで先生の奥さんにバッタリ会ったりするのか？　俺いやだぜ、奥さんにひっぱたかれたりしたら」

「まさか。もちろん、あり得ないことじゃないけど。だから私、行きたくないんだしね」

「そうか。でも――」

「私が行くより、涼君の方が安全でしょ。鍵、渡すから、勝手に開けて入って」

「もし――奥さんがいたら？」

「うーん……。『今日は』とか言って」

「呑気《のんき》だな。お前に頼まれた、って言っていいのか？」

「ああ……。名前、言わないでよ。一応まだ学生だし、これで退学にでもなったら……」

何だかずいぶん勝手なことを言ってら、と涼は思ったが、そこがなごみの十九歳らしいところだとも思えて、却ってホッとしてもいたのである。

「分った。行くよ」

「ありがとう！　恩に着るわ」

「鍵、いつもらう？」

「早い方がいいね。──じゃ、私、明日昼間サボってお母さんの告別式に行くわ。そのときに」

「いいけど……。明日取りに行くってわけにいかないぞ。二、三日かかるかも」

「ええ、分ってる。お願いしてるんだから無理言わないわ。ただ、できるだけ早くね」

無理言ってるじゃないか、と言ってやりたかった。

「分った。じゃあ、大体の場所の地図も一緒にくれ」

「うん。よろしく」

と、なごみは言った。「お礼に、お昼でもおごるわね」

「学食のかい？」

「あ、見くびってるな。高級フレンチ、とはいかないけど、学食より少しはましな所で」

「あてにしないで待ってるよ」

──涼は、自分に驚いていた。

こんな風に同年代の女の子とやりとりできるのが、自分でも意外だったのである。

「じゃあ、明日」

と言われて、涼は一瞬、「え？　明日会う約束したっけ」と思ったが、すぐに告別式のことだと気が付いた。

「うん、それじゃ……」

涼は自分からは切らなかった。むろん、すぐになごみの方で切ったのだが、何だか、彼女の声をもっと聞いていたかったのだ。

涼はベッドに潜り込むと、自分が今恋をしていることを、いやでも認めないわけにはいかなかった。そして、

「おやすみ、なごみ」

と言って、目を閉じた。

6　もっと危い話

穏やかに晴れた。

「良かったですね」

と、久保坂あやめが言うと、爽香も肯いて、

「そうだね。告別式だって、晴れた方が心が和む」

そう言ってから、「受付、ご苦労さまだけど、よろしくね」

「任せて下さい。誰か気を付ける方はあります？」

「いえ、特には。河村先生がみえる」

「ああ、爽子ちゃんのお母さんですね」

則子の告別式は十一時からだ。――あやめが指示を出して、十時にはすでに受付も整っていた。

「お兄様はいかがです？」

と、あやめが訊いた。

「主人が迎えに行ってるけどね。――かなり落ち込んでるから、後が心配」

「そうですね……」

「それに――母のこともね。もう年齢だし、無理してるから」

「一番無理してるのはチーフですよ」

と、あやめに言われて、

「そう言わないでよ。自分でも分ってる」

と、爽香が苦笑した。

「あ、どなたか――」

「え？」

爽香はちょっと渋い顔になった。ゆうべの刑事、宮入である。

「度々すみませんね、お邪魔して」

と、コートを腕にかけて、「少しお話ししても？」

「ええ。――小林さんは大丈夫でした？」

「あなたの機転のおかげです。いや、まさかあんなことになるとは……」

「〈Sプランニング〉の内部のことでしょう？　私は係り合わないことにしています」

と、爽香が言うと、宮入も肯いて、

「その方がいい。私もそうおすすめします」

と言った。「ただ、知っておいていただいた方が、と思いましてね」

「何のことですか？」

「小林さんからお聞きになっているかもしれませんが、〈Sプランニング〉は贈収賄の件でもめています」

「聞きました」

「企業にトラブルがあると、そこへつけ込んで来る連中というのがいるんです」

「それは――」

「いわゆる『その筋《すじ》』の人間ですよ」

「それって……暴力団ってことですか」

「それに近い存在ですね。ゆうべ小林さんを連れ去ろうとしたのも、そういう連中でしょう」

「そんな……。同じプロジェクトにうちの社も係ってるんですが」

「ご用心なさることです」

と、宮入は言った。「実は、そういう噂《うわさ》があって、内偵していたんです。それが、あなたのおかげではっきりしました」

「というと？」

「車のナンバーを撮っていただいたでしょう。あの番号を調べたら、あるビル管理会社の持っている車でした。むろん、表向きの顔で、中身は危い連中です」

「はあ……」

「向うも、ナンバーを撮られたことに気付いていたようで、車をゆうべ盗《ぬす》まれたと届を出しています」

「あの……ナンバーを教えたのが私だと――」

「もちろん、明かしたりしません。ただ、ああいう連中は色々と情報網を持っていますから。万一、何か危険を感じるようなことがあったら、私に連絡して下さい」

「分りました」

「お邪魔しました」

と、宮入は軽く会釈して行きかけたが、振り向くと、「〈Sプランニング〉の佐伯さんは、こちらへみえるんですか?」

「いえ……。ゆうべはたまたまで。今日は来られないと思いますが」

「そうですか。今日、夕方お会いして話を伺うことになっています」

「はあ……」

「では失礼」

――宮入が行ってしまうと、爽香は当然のことながら、

「チーフ! 今度は何をやらかしたんですか!」

と、あやめに叱られることになった。

「いえ、ゆうべ帰るときにね……」

爽香が状況をできるだけ穏やかに説明すると、あやめは眉をつり上げて、

「いい加減にして下さい！　命がいくつあっても足りませんよ！」

「はいはい」

「『はいはい』じゃありません！」

「そろそろ明男の車が来ると思うから、ちょっと見て来るね」

爽香はあわてて斎場の門の方へと駆け出した。

表の通りを見渡すと、怪しい車などは見当らない。

爽香は綾香へ電話した。

「――おばちゃん？　今斎場に向ってる。あと十分ぐらいかな」

「もう用意できてる。それからね、ゆうべ車のナンバー、撮ったでしょ」

「うん、それが？」

「まだ保存してあったら、私のケータイに送って。そして自分のデータは消しておいて」

「いいけど……。何かあったの？」

「後で話す。いいわね」

「分った」

綾香を巻き込んだりしたくない。爽香は写真が送られてくると、データを保存した。すんでしまったことは仕方ない。ともかく危険が家族に及ばないことを祈るしかなかった。

まさか、電話して呼び出すわけにもいかない。

岩元なごみは、斎場の向いにある喫茶店に入って、告別式の始まるのを待っていた。昼間なので、電車があって早く着いてしまったのだ。告別式が始まってもお焼香までは少しかかる。

出席した人が出て来始めたら行こう、と思った。

「すみません。ミルクティー、もう一杯」

と、オーダーした。

「はい」

ウエイトレスはずいぶん若い女の子だった。

なごみの隣のテーブルで、やはり斎場の門の方を眺めている男がいた。

スーツは着ているが、黒ではなく、ネクタイもしていない。告別式に出るという様子ではなかった。

「おい!」

と、ウエイトレスの子へ、「コーヒー、薄いぞ! 味なんかしねえじゃねえか!」

と文句を言っている。

「すみません」

と、ウエイトレスは謝って、「淹《い》れ直しますから……」

「面倒だ。これでいい」

「でも……」

「いいんだ」

いくつぐらいだろう？　三十五、六？

なごみは年上の男と付合うことが多いので、男の年齢は割合に分る。

妙に髪をテカテカにしてなでつけ、何だか堅気《かたぎ》の仕事でない印象だ。

斎場に何の用があるんだろう？　何だか気になった。

紅茶が来て、

「ありがとう」

と、なごみが言っていると、隣の席の男がケータイを取り出した。

かかって来たのだが、着信のメロディが、子供向けアニメのテーマ曲なのが、およそ似合わなくて、なごみは笑いをかみ殺した。

「――はあ。今、門を見張っています」

と、男は言った。「――そうですか。『杉原』……ですか」

杉原？　そう聞こえて、なごみは耳をそば立てた。

「『さやか』。——字は？　——分りました。いや、分るでしょう、それで」

杉原爽香？　それって、涼の叔母さんのことだ。

「分りました。顔を確認しておきます」

男はケータイを切って、コーヒーを飲み干した。まずいと文句を言っていたのに、

「おい、もう一杯だ」

と、注文している。

変な奴《やつ》。——なごみは気になって、ケータイを取り出すとメールを読みながら、男の様子を窺《うかが》った。

ウエイトレスが、

「淹れ直しました……」

と、こわごわコーヒーを運んで来る。

「ああ。——悪かったな。ちょっと苛々《いらいら》してたんで」

男は何だか妙にやさしくなって、「何かつまむもんはないか？」

「クッキーでしたら……」

「それでいい。持って来てくれ」

「はい」

ウエイトレスはホッとした様子だ。

すると、また男のケータイが鳴った。

「――俺だ。――仕事中なんだ。今はかけるな」

恋人か、奥さんからか。――なごみはウエイトレスが小皿にクッキーをいくつかのせて持って来ると、タイミングを合せて、ケータイで男を写真に撮った。

そしてすぐに涼にメールを入れて、

〈少し話せる?〉

と訊いた。


「ごめんね」

と、なごみは、表に出て来た涼へ言った。

「いや、いいよ。今日は何だかお経が長くてさ」

と、涼は言った。

「これ。――鍵よ。それに地図。私、絵が下手だから、分るか心配だけど」

「何とか探して行くよ。明後日《あさって》になるかな」

「ありがとう」

と、なごみは言って、「それから、あなたの叔母さん、杉原爽香っていうんだよね」

「うん、そうだけど」

「ちょっと呼んでくれる？　話したいの」

「叔母さんを？」

「別に私たちのこととか、そんなんじゃないの。信じて」

涼は面食らいながら、

「分った。待ってて」

と、建物の中に戻って行った。

少しして、涼と爽香が出て来る。

「ゆうべも来て下さったわね。ありがとう」

と、爽香は礼を言って、「私にご用？」

「ええ……」

なごみは、向いの喫茶店にいる男のことを話して、ケータイで撮った男の写真を見せた。

爽香はそれを眺めていたが、

「知らない人だわ」

と言うと、「――その人、まだ喫茶店にいるの？」

「ええ。たぶん。ここの門が見える窓際の席に」

「そう」

爽香は肯くと、少し考えていたが、「——涼ちゃん。ちょっと空けるけど、すぐ戻るから」

「叔母さん——」

「一人で戻ってて。いいわね」

「うん……」

爽香は足早に斎場の門を出ると、道を渡って、喫茶店に入って行った。

「いらっしゃいませ」

「待ち合せなの」

「はあ……」

爽香は、あの写真の男が窓際の席にいるのを見ると、歩いて行って、向いの席に座った。

「——何だ？」

と、男が面食らった様子で爽香を見る。「誰だ、お前？」

「杉原爽香です」

と、名のると、男はポカンとして、

「——そうか」

「私にご用のようですから、伺いました。今、告別式の最中で、あまり抜けていられません。ご用件は手短かにお願いします」

と、爽香は言った……。

7　秘　密

男がしばらく呆気《あっけ》に取られていて、何も言わないので、爽香は、

「お名前は？」

と訊いた。

「何？」

「私が名のったんですから、そちらも名前を言って下さい。礼儀でしょう」

「ああ……。俺は筒見だ」

「〈つつみ〉？　一文字の？」

「いや――〈筒〉と〈見る〉って字だ」

「分りました」

「お前はどうして自分からやって来たんだ？」

と、筒見という男は言ったが、

「おいくつですか？」

「何だ？」

「年齢です。三十五、六？」

「三十五だ。それがどうした」

「私はもう四十一です」

と、爽香は言った。「私の方が六つも年上なんです。『お前』呼ばわりはやめていただけませんか」

筒見はますます啞然《あぜん》として爽香を眺めていたが、その内、笑い出してしまった。

「——何かおかしいですか」

「いや、面白い奴だ。——面白い人だ。これでいいか」

「はあ。なぜ私のことを見張ってらしたんですか」

「商売だ」

と、筒見は言った。「俺は探偵だからな」

「探偵？　浮気調査とかですか」

「色々やる。仕事を選んでなんかいられないんだ。不景気だからな」

「分りました」

と、爽香は肯いて、「では、当然、依頼人が誰かは明かせないですね」

「そうだな。職業上の秘密だ」

「じゃあ――一つ教えて下さい。〈Sプランニング〉は係っていますか」

筒見は、ちょっと間を置いて、

「――言えないな」

と答えた。

「分りました」

爽香は、筒見という男の、返答前の一瞬の間《ま》で、〈Sプランニング〉を筒見が知っていると察した。

依頼主が誰かはともかく、やはりゆうべの出来事と関係があるのだろう。

「私には夫と娘がいます」

と、爽香は言った。「ご存知かもしれませんが」

「いや……。それがどうした」

「危い目にあわせたくありません。もし、何とかいうビル管理会社を表向きやっている、その筋の人の依頼だったら、伝えて下さい。襲うのなら、私だけにしてくれ、と。家族には何の責任もないんです」

筒見は何を言っていいのか分らない様子で爽香を見ていたが、

「――分った」

と、しばらくして肯いた。「伝える」

やはりそうだったのか。——車のナンバーを警察に知らせたのが誰なのか、どこかから情報が洩《も》れたのだ。

「では、私、告別式に戻りませんと」

と、爽香は言った。「探偵業も、ちゃんと資格がいるのでしょ?」

「ああ。もちろんだ」

「私、元刑事の方ととても親しいので、万一私に何かあったら、筒見さんが係ってるんだと話しておきます」

「おい——」

「探偵廃業《はいぎょう》にならないように、用心して下さい。では、失礼します」

爽香は立ち上って、ウエイトレスへ、「ごめんなさい」

と言うと、そのまま外へ出た。

少し苛々していたし、腹も立てていた。——誰に?

あの筒見という男にももちろんだが、情報を筒見に洩らしてしまった警察にも、そして「本当に余計なお節介」をした、自分自身にも、腹を立てていたのである……。

「本日はありがとうございました」

——爽香はごく当り前の言葉で、会葬者への挨拶を締めくくった。

爽香はあくまで兄の代理だ。余計なことを言うべきではない。ごく簡単に済ました。

告別式が終るまで、穏やかによく晴れていたのは幸いだった。

お骨になるのも、この斎場の中だ。——爽香たち親族は控室で待つことになる。

「爽香さん」

河村布子が声をかけて来た。

「先生、わざわざすみません」

「いいえ。もっと早く来られるはずが、学校で急に色々あって……」

布子は告別式の終了直前に駆けつけて来たのである。

「お兄様は大丈夫？」

と、布子が訊く。

「まだぼんやりしています。則子さんがいなくなったってことがよく分ってないんでしょう。——あんなに苦労かけていて」

「そんなものね、人間って」

「河村さんは……」

「また手術することになりそう」

「そうですか」

「爽子が忙しいものだから……」

「達郎君が大変でしょう」

「そうなの。もう高校生だから、色々分ってるしね」

と、布子が肯いて、「爽子がヨーロッパでの音楽祭に招《よ》ばれてるの」

「すてきですね」

「当人は父親の具合を気にして、断ろうかと言ってるんだけど」

「でも、河村さんは――」

「ええ。『絶対行け』って言ってるわ」

「当然ですよ。爽子ちゃんに私が話しましょうか？」

「必要になったらお願いするわ」

二人が斎場の門の所へ来ると、

「爽香、ごめん！」

と、駆けつけて来たのは浜田今日子だった。

「今日子、そんなに――」

「急な手術が入って。何しろ手が足りないもんだからね。先生、ごぶさたして」

「今日子ちゃん、相変わらずね」

と、布子は微笑んで、「お母さんらしくなったわ」

「そうですか？　――爽香、皆さん中でしょ？　挨拶だけして行くね」

「わざわざ悪かったね」

「友だちでしょ」

今日子は、爽香の肩をポンと叩いて、斎場の中へ入って行った。

「今日子に会うと、元気が伝染しますね」

と、爽香は言った。

「あなた方が中学生だったころ、思い出すわ。ついこの間のようね」

と、布子は微笑んで、「でも、月日はたっているのよね、間違いなく」

爽香は、門の所で布子を見送った。

中へ戻りかけると、さっき筒見のことを教えてくれた女の子が出て来るところだった。

涼が向うから手を振っている。

爽香はその涼の、少し照れたような顔つきを見て、すぐに察した。――涼はこの子に恋している。

そう。涼ももうそんな年齢だ。

「あ、どうも」

「岩元なごみさん――だったわね。さっきはありがとう」

「大丈夫でした？　何だか怪しかったけど、あの男」

と、なごみが訊いた。

「確かに怪しいわ。探偵ですって」

「素行調査《そこう》とか？」

「浮気の調査ならいいんだけど。――たぶんあの男、あなたのことは憶えてないでしょうけど、でも用心に越したことはない。あの男の写真、まだケータイに？」

「ええ、入ってます」

「私のケータイに送って。それで自分の方は消して、すべてを忘れてちょうだい」

「爽香さん……。何かあったんですか？」

なごみは、涼と比べると大分大人びて見えた。

「詳しくは話せないけど、暴力団が係ってるかもしれないの。だから、忘れて」

なごみは黙って肯いた。

あの筒見という男の写真を、爽香のケータイへ送ると、

「でも――私も消さずに持っています」

と、なごみは言った。

「どうして？　あなたには関係ないことだわ」

「秘密は、大勢の人が持ってれば秘密でなくなります。誰かが爽香さんに何かしようとすれば、この写真の人が係ってるって、すぐ知れ渡ります」

「ああ……。まあそうだけど」

「何て名前ですか、探偵さん」

なごみは〈筒見〉という名を聞くと、「姓と顔写真があれば、手掛り充分ですよ。大体、暴力団から頼まれて、人のこと調べるなんて、それだけで探偵の資格なしです」

爽香は呆気に取られていたが、

「ちょっと。――ちょっと、なごみさん」

と、なごみを斎場の庭の方へ連れて行くと、ゆうべの出来事を説明して、「――ね？　相手は人をさらったり、平気でする手合なの。あなたが私のせいで危い目にあったりしたら、私、涼ちゃんに恨まれちゃう」

それを聞いて、なごみは困ったような笑みを浮かべると、

「聞いたんですか、涼君から？」

「聞かなくたって分るわ。涼ちゃんを見てれば」

「私――涼君に憧れてもらえるような女じゃないんです」

「どうして？」

「私、大学の岸田って教授と付合ってて……」

なごみは、病院で涼と出会ったいきさつを話した。

「大人ね、あなた」

と、爽香は肯いて、「でも、話してくれて嬉しい。涼ちゃんがあなたに恋するのは、止め

ることなんかできないわ。結果がどうなるにせよ、涼ちゃん自身が受け取めて、乗り越えて行かなきゃならないんだもの」

「爽香さん」

なごみはじっと爽香を見つめて、「涼君があなたのこと、とても頼りにしてるのが、どうしてかよく分ります」

「何てことないのよ」

と、苦笑して、「人を危いことに巻き込む疫病神ってところもあるしね」

なごみはちょっと笑って、

「すみません、お葬式なのに」

「いいえ。どうもありがとう」

「それじゃ」

何となく二人はそのまま向い合って立っていたが、やがてどちらからともなく手を差しのべて握手をした。

爽香は、足早に立ち去るなごみの後姿を見送って、なぜか清々《すがすが》しい気分になっていた。

気が付くと、涼がやって来た。

「あの子と何話してたの？」

「気になる？」

爽香は涼の肩を叩いて、「涼ちゃんの気持は分ってる。大丈夫よ。別にそのことで話をしてたわけじゃないの」

「でも――」

「なごみさんから聞いて。電話する口実になるでしょ？」

「叔母さん……。かなわないな、叔母さんには」

と、涼は苦笑して、「でも――お母さんが焼かれてるときに、女の子のこと考えてたりして……。親不孝だな、僕って」

「生きてるんだもの、当り前よ。さあ、戻りましょ」

「うん」

「涼ちゃん。お父さんのこと、気を付けて。相当落ち込んでると思うから」

「分った。――お酒、どうしよう？」

「飲むのを止《や》めさせるのは大変でしょうね。でも、飲む量が増えないように気を付けていて」

「分った」

「私、お医者さんに相談してみるわ。兄さんも、何か心の張りになるようなことがあるといいんだけど……」

と、爽香は呟いた。

8　内戦状態

昼は休みだった。

佐伯は喫茶店でサンドイッチをつまんでいた。弁当を買ったりするよりは高くつくが、佐伯は自分にはコンビニの弁当は似合わないと思っていた。

ケータイが鳴って、

「——もしもし」

「京子です」

「ああ、どうしたの？　今日休むとは聞いてなかったから」

佐伯の口調には少し非難めいたところがあった。小林京子でないと分らない仕事があったのだ。

「ゆうべ、誘拐《ゆうかい》されそうになって」

「何だって？」

佐伯は面食らって、「今、『誘拐』って言ったの？」

「ええ。車へ連れ込まれて」

「待ってくれ。――初めから話してくれ」

京子から、ゆうべの出来事を聞かされて、佐伯は当惑するばかりだった。

「――そんなことが？　でも、一体どうして？」

「こっちが訊きたいくらい」

京子は少し怒ったように、「杉原さんのおかげで解放されたけど、そうでなかったら、今ごろ東京湾にでも浮んでたかもしれないんですよ」

「そんな大げさな！　いや、もちろんひどい目にあって大変だったけど――」

「私が何か知ってると思われたんでしょ」

「うん……。それで……何かしゃべったのか？　向うは何を訊いて来た？」

しばらく返事がなく、佐伯は、「――もしもし？　聞こえる？」

と言った。

「そうなのね」

と、京子は言った。

声の様子が変っている。

「――何が？」

「私がどんなに怖かったか、ショック受けてるか、少しも気にしてないのね。会社の内輪《うちわ》もめの方が大事なのね」

「いや、京子――」

「分ってたけど、目をそらして気付かないふりをしてた。あなたにとって、私はただの遊び相手。誘拐されても殺されても、痛くもかゆくもないでしょ」

「おい、怒るなよ。だって、こうして電話して来るくらいだから大丈夫だろうと思って――」

「ええ、車から放り出されて、ちょっと痛い思いをしたくらいでね。あなたも一度車から投げ出されてみるといいわ」

「京子、落ちついてくれ。な、今夜会おう。本当は仕事があるけど、何とか都合つけるから」

「だったら、他の彼女を誘ってちょうだい。私、そんな気になれない。あなたって、想像力ってものがないの？　殺されるかも、って思いをさせられて、次の日に楽しくデートに出かける？　ふざけないで！」

そう言うと、京子は通話を切ってしまった。

「おい、京子……」

言っても聞こえるわけはない。「――何だよ、全く」

自分の都合で「女性を守る騎士」を演じることもあるが、余裕がなくなると、たちまち

「自分中心」の本性が出る。

そして今、〈Sプランニング〉の中は正しく「自分の身を守れるか」どうかの内紛《ないふん》で、大揺れである。

しかし――京子をのんびり慰《なぐさ》めている暇《ひま》はなかった。

「ということは……」

京子をさらおうとした？

俺も危いってことか？　――初めてそこに思い付き、佐伯は青くなって、あわてて喫茶店の中を見回したのだった……。


岩元なごみは正直だった。

岸田教授が借りていたアパートへの道を描いた絵は本当に「下手」だった！

杉原涼は、散々迷って、同じ場所を三回も通ったりした後、やっとそのアパートを発見した。

「くたびれた……」

ここの二階。――涼はズボンのポケットに手を入れて、なごみから預《あず》かった鍵を取り出した。

二階の廊下は、電球が切れていて、薄暗かった。それでも何とか部屋の番号は見えたので、

「ここか」

鍵を開けようとして、ちょっとためらうと、中の様子をうかがった。――岸田教授の奥さんが中にいて、それこそ、ひっぱたかれないまでも、冷たい目でじっとにらまれでもしたらかなわない……。

しかし、誰かのいる気配はなかった。思い切って鍵穴へと鍵を差し込む。

「――ごめん下さい」

ドアを開けながら、つい小声で言っていた。

靴を脱《ぬ》いで上る。――六畳一間の、小さなアパートである。

片付けられてしまったせいか、部屋は空っぽで、寒々《さむざむ》としていた。

家具らしいものもない。――たぶん、ベッドが入っていたのだろう。色の変ってしまった畳に、ベッドの脚の跡らしいくぼみがあった。

「そうか……」

ここ、契約はどうなってるんだろう？　たぶん奥さんが解約して、中の物を処分してしまったのだろう。

この鍵も返さなきゃいけないんだろうな。

小さなユニットバスが付いていて、洗面所にも何も残っていない。

この分じゃ、なごみの物といっても、何も残っていないだろう。――一応大きめの紙袋を持って来ていたが、空《から》っぽで帰ることになりそうだ。

涼は部屋の押入れを開けた。やはり空だ。そして隣の扉を開けると――。

そこに、なごみの服が残っていた。しかし、涼は息を呑《の》む思いで、しばし立ちすくんでいた。

普段着らしいTシャツやジーンズ、それに大学へ着て来たのを見たことのあるハーフコート。

それら、すべてが徹底的に切り裂かれていた。シャツだけではない。ジーンズやコートは分厚くて力がいるだろうが、たぶんハサミでめちゃくちゃに切って、引き裂いていたのだ。

涼はゾッとした。岸田教授の奥さんが、ここでハサミを手に、なごみの服を切り刻んでいるところを想像すると恐ろしい。

そして、そのまま服を残しておいたことも……。

おそらく、なごみが取りに来ると分っていたのだろう。

「どうしよう……」

こんな物、なごみに見せられない。といって、ここに残しておくわけにもいかない。

涼は、その服を紙袋の中へ詰め込んだ。どこかで捨てよう。

小さな引出しがあり、念のために開けてみる。――涼は、思わず、

「え？」

と呟いた。

なごみの下着が入っていた。ブラジャーやショーツ。そして——当然のように、その一つ一つが切り裂かれていた。

戸惑いと恥ずかしさの中、下着も袋に押し込むと、涼は息をついた。汗をかいていた。

「あいつ……」

下着まで置いてあることを、なごみは分っていたのだろうか。——忘れることはあるまい。分っていて、涼に取りに来させたのだ。

「分らねえな……」

と、涼は呟いた。


「写真を撮られた？」

頭のすっかり禿《は》げたその男は、呆れたように言った。「探偵は写真を撮るのが仕事だろう。それが逆に撮られてどうする」

「面目ありません」

と、筒見は言った。

「それで、杉原何とかって女に会ったのか」

「杉原爽香です。いや、びっくりしました」

「何のことだ？」

筒見は、いきなり杉原爽香の方が会いに来た事情を説明し、

「ありゃ大した度胸《どきよう》です」

「感心してどうする」

――〈Sビル管理〉の社長、中町蔵人《なかまちくらんど》は渋い顔をしていた。

言うまでもなく、筒見に仕事を依頼したのは中町だ。

筒見は〈Sビル管理〉の社長室に来ていた。――広いが、いわゆる「ヤクザ」らしさはほとんどない。

今のヤクザはビジネスマンである。

「あの女には下手に手を出さない方がいいと思いますよ、社長」

と、筒見は言った。

仕事をしくじったのだ。中町に叩き出されても仕方ないのだが、何だか妙に楽しそうだった。

「ふーん」

中町は筒見の話に、半ば呆れたように、「変った奴だな」

「ありゃただ者じゃありませんよ」

と、筒見は言った。

「分った。ともかく調べられるだけ調べろ」

「分りました」

「せめて写真ぐらい撮って来いよ」

「承知しました。――では今日はこれで」

筒見が帰って行くと、

「役立たずめ」

と、中町は呟いた。

中町としても、杉原爽香に仕返ししなければならないわけではない。

ただ、会社名義の車は、ナンバーを見られてしまったので、盗まれたことにして、処分させた。今ごろは部品一つ一つまでバラバラにされて売り払われているだろう。

中町としては、その分くらいの「お返し」はしてやらないと、面子《メンツ》というものがある。

ちょっと脅かして、冷汗《ひやあせ》をかかせてやればいいのだ。

筒見から報告があれば、子分に言いつけて……。

中町のケータイが鳴った。

「――もしもし、ゆうべどうして来てくれなかったの？」

出るなり、甲高《かんだか》い声が飛び出して来た。

「おい、そんなでかい声を出すな」

「もともとよ。ずっと待ってたのに」

ふくれっつらが目に見えるようだ。

中町の行きつけのバー〈M〉のホステス、志津《しづ》だ。

二十代の半ばだが、いかにも女盛《おんなざか》りの色気があって、人気がある。中町とは年に数回ホテルに泊《とま》ったりもする仲だが、だからといって、あれこれ高いものをねだったりしない。

「悪かった。仕事の話が長引いてな」

「今日来るなら許してあげる」

と、志津は言った。

「八時過ぎには行く」

「絶対よ！」

「ああ」

中町は苦笑しながら、ふと思った。

杉原爽香には亭主《ていしゅ》と娘がいるらしい。——その亭主が浮気したら？

直接当人を狙うより、狙われていると思っていない人間の方がやりやすいだろう。

「おい、志津。仕事を頼まれてくれないか」

と、中町は言った。

「仕事？」

「ああ。何も難しいことじゃない。客を一人、誘惑してほしい」

「誰のこと？」

「これから客になる男だ。うまく連れてくから、お前の魅力で、虜《とりこ》にしてくれ」

「どういうこと？」

「今夜、説明してやる」

そう言って、中町はニヤリと笑った……。


「そう」

と、岩元なごみは、涼の話を聞いて、「そんなことじゃないかと思ったわ」

「おい……」

と、涼は言った。「あんな——下着まで持ち出すなんて、恥ずかしかったぞ」

大学の帰り、待ち合せたハンバーガーショップで、涼はアパートでのことを話したのだった。

「下着泥棒とでも思われたらどうしようと思って、捨てる場所もあちこち迷っちまったよ」

「ごめんね」

と、なごみは言ったが、あんまりすまなく思ってはいないようだった。

「まあ、何とか駅のゴミ箱に捨てたけど」

「鍵は？」

「持ってるけど、どうするんだ？」

「もう解約されたでしょ。いいわ、私が家主《やぬし》の所へ送っとく」

なごみは鍵を受け取って、「お手数でした。――お昼、いつおごろうか？」

「いいよ、そんな……」

「約束だもん。いつでも言って」

「じゃあ……。昼じゃなくて、夜、付合ってくれ」

と言って、涼は赤くなった。

「――一晩ずっと、ってこと？」

「違うよ！　晩飯ってことさ」

「それならいいわ」

と、なごみは笑って、「しばらく男はこりごりだから」

と言った。

「俺は男じゃないのか？」

「恋をするのは、ってことよ」

なごみは首を振って、「少し真面目《まじめ》に勉強するわ」

こうして見ると、ごく当り前の大学生だ。

涼は、改めて「女のふしぎ」を思ったのだった……。

9 依頼人

「今度は暴力団か」

と、松下《まつした》が言った。「忙しい奴だな、お前も」

「〈筒見〉っていう探偵のこと――」

「分った。それはすぐ分るだろう」

松下は手帳にメモした。「それと、〈ビル管理会社〉だな？ その筒見って奴から訊き出すさ」

「お願いします」

と、爽香は言った。

――〈ラ・ボエーム〉で、爽香は〈消息屋《しょうそくや》〉の松下と会っていた。

松下は借金の取り立て屋をしていて爽香と出会い、妙に爽香のことを気に入ってしまった。今は、行方の分らない人間を捜し出したりする〈消息屋〉という商売をやって、結構繁盛《はんじょう》している。

色々裏の社会にも通じているので、爽香は松下に「相手」を調べてもらうことにしたのである。

「その〈Sプランニング〉の奴はどうする？」

「佐伯さんですか？　あの人は別に……」

と言いかけて、「そうですね。何かつかめたら、お願いします」

「情報は一つでも多く持っていた方がいい」

と、松下は言ってコーヒーを飲んだ。「うん、旨《うま》い！」

「ありがとうございます」

と、マスターの増田《ますだ》が言った。

「もう一杯くれ」

「かしこまりました。爽香さんも？」

「私はいいわ」

「どんな情報が役に立つか、分らねえからな」

と、松下は言った。「奴がどんなパンツをはいてるかで、何か分ることもあるかもしれん」

爽香は苦笑して、

「もう少し上品に話して下さい。それだから娘さんに嫌われるんですよ」

「お前の所も、いくつになった？」

「珠実ですか？　五歳です」

「五歳か。——可愛《かわい》いな。うちの娘が五歳だったころ、どんなだったか、もうさっぱり憶えてない」

「でも……早いですね。四十過ぎたら、一日一日が飛ぶように過ぎて行く感じ……」

松下は笑って、

「お前もそういうことを言う年齢になったか」

「いつまでも若くありません」

「まあ、四十代の内はそうでもない。五十代になってみろ。時間の経《た》つのが速いこと。四十代の比じゃねえぞ」

「希望を失うようなこと言わないで下さい」

「しかし——お前、ちょっと疲れてるんじゃないか？」

「ちょっと、じゃなくて大分疲れてます」

「いや、体の疲れってだけじゃなくて、頑張りが空回りしてるときのような疲れだ」

爽香は、少し黙り込んでしまった。

「——悪いこと言ったか」

と、松下は二杯目のコーヒーに口をつけた。

「いいえ。マスター、私も、もう一杯。今度は柔《やわ》らかめの」

「はいはい」

と、増田が肯く。

「私、体を動かして、何かのイベントをやったりするのは、性《しょう》に合ってて好きなんですけど……。今の仕事は、違う世界の人と交渉したり、お世辞言ったりしなきゃいけなくて……。もちろんそれが仕事なんですから仕方ないですけど。うちの社には荷が重過ぎるプロジェクトに係ってるんで」

「今度のトラブルも、それ絡みか」

「ええ。お役所が係ると、どうしても話がややこしくなるんです。今までは誠意《せいい》でやって来れたのが、今度ばかりはそれでは済みません」

「真面目人間のお前にゃ辛《つら》いわけだな」

「誰でも、多少は自分を殺して働いてるんでしょうけど……」

松下は肯いて、

「転職とか、独立とか、考えたことないのか？」

爽香は目を丸くして、

「私が独立？　独立して、何やるんですか？」

「そりゃまあ、色々さ」

「そんな……。兄の所も援助しなきゃいけないし、収入が不安定になったらやって行けません」

「しかしな、あんまりストレスをため込むと、それこそ大病したりすることになるぞ」

爽香は、まじまじと松下を見て、

「私、そんなに疲れて見えますか？」

と訊いた。

「俺の考え過ぎかもしれん。ま、気にするな」

「そこまで言っといて、『気にするな』って言われても……」

爽香は、二杯目のコーヒーに、思い切りお砂糖を入れた。


「やれやれ……」

佐伯は大欠伸《おおあくび》をして、「もう帰るか」

と言ったものの、聞いている人間はいない。

オフィスは、佐伯一人しか残っていなかった。何しろ、もう夜中の一時だ。

いつもなら、十時ころには帰る佐伯だが、小林京子が休んでいて、その分の仕事は佐伯が
やらなければならないのだ。

「全く……。いい迷惑だ」

と、佐伯が立ち上ると、

「何が迷惑なの？」

「ワッ！」

佐伯はびっくりして飛び上りそうになった。「ああ！　――何だ、君か！」

「そんなにびっくりしなくたって」

と、真赤《まつか》なスーツの女性は笑って言った。

「いや……。もう誰もいないと思ってたんで……。どうしたんです、こんなに遅く」

「君」と呼んでおいて、急に言葉づかいがていねいになったのは、理由がある。

「このビルの前を通りかかったの」

と、三好晶子《みよしあきこ》は言った。「そしたら、こんな時間に明《あか》りが点《つ》いてるじゃない。誰が残ってるのかな、と思って見に来たの」

「しかし、奥様――」

「よして、『奥様』なんて」

「だけど、他に呼びようが……。まさか、昔のように『晶子ちゃん』ってわけにはいきませんよ」

三好晶子は今二十九歳。かつて、佐伯の部下だった。

しかし、今から二年前、結婚したのだ。社長の三好忠士《ただし》と。

つまり、かつては「君」「晶子ちゃん」だったが、今は「社長の奥様」というわけである。

「いいわよ。『晶子ちゃん』で」

と、社長夫人は言って、机に軽く腰をかけた。「二人のときにはね。主人の前じゃまずいけど」

「しかし、いつもそう呼んでると、社長が一緒のときも、つい口から出そうだからね」

「まあ、好きにして」

と、晶子は肩をすくめて、「で、今は何に腹を立ててたの？」

「ああ……。いや、小林君が休んでるもんでね。その仕事がこっちに回って来るから、大変で、つい……。別に怒ってたわけじゃないんですよ」

「でも、怒ってたわ」

佐伯は苦笑して、

「まあね」

「どういうこと？　だって、小林さんはあなたの彼女でしょ？　彼女の一人、と言った方が正しい？」

「そんな言い方は……」

と、佐伯は言いかけたが、「――確かに、『彼女の一人』です。よくご存知で」

「元ＯＬの情報網《もう》を見くびってもらっちゃ困るわ」

三好晶子はそう言って、「ねえ、何か食べに行かない？　私、お腹ペコペコなの」

「今からですか？」

「開いてる店、あるでしょ？」

「そりゃ、ありますが……。いいんですか、こんなに遅くなって」

「大丈夫。主人は河口湖《かわぐちこ》の別荘よ」

「じゃあ……お付合しますよ」

と、佐伯は言った。


「さらわれた？　小林さんが？」

と、晶子は訊き返した。

午前五時まで開いているレストランで、佐伯は三好晶子と食事しながら、小林京子の「災難」について話をした。

「――それって、何か関係あるの、主人にも？」

夫の三好忠士は二代目社長で、今三十六歳。

亡くなった先代の社長の跡を継いだのが三年前だが、その後、社の業績は悪化を続けている。

「まあ、たぶん専務《せんむ》派の連中が誰かにやらせたことでしょうね」

と、佐伯はワインを飲みながら言った。

「倉木《くらき》さんが？　――でも、どうして小林さんを？」

「さあ。小林君が、何か知っていると思ったんでしょうかね」

「知ってるって、何を？」

「分りません。ともかく、詳しい話を聞こうにも、小林君はショックで寝込み、休んでしまってるので」

「そりゃそうよ」

と、晶子は言った。「じゃ、もしかしたら、私もさらわれるかもしれないわね！　怖いわ」

晶子が、いきなり佐伯の手をギュッと握った。佐伯はびっくりして引込めようとしたが、晶子は離そうとしなかった。

その握る手の強さは、女性経験豊富な佐伯にとって、初めて経験するものではなかった……。

「――晶子さん」

「さ、食べましょ」

パッと手を離して、晶子は座り直すと、「ここのパスタはおいしいわね！」

「そう……ですね」

独身時代の晶子は、佐伯が目をとめるほど可愛かったが、そのころ佐伯は同じ社内の女性と、別れる、別れないでもめていたので、晶子にまで手を出す余裕がなかった。

「小林さんの所へ行ってみましょう」

と、突然、晶子が言った。

「え？」

「出社して来るのを待ってたら、いつになるか分らないでしょ」

「それはまあ……」

「だったら、こっちから出かけて、小林さんを見舞うっていうのが効果あるわ」

「でも、夜中ですよ」

「そこがいいんじゃないの。いかに小林さんのことを心配してるか、伝わるってものよ」

「はあ……」

佐伯にはよく分らなかった。

「小林さんの家、知ってるんでしょ？」

「それはまあ……。マンションで一人暮《ぐら》しですが……」

「じゃ、家族をびっくりさせることもないわね」

しかし、もう午前三時に近い。

「明日にしては？　私が昼間、行ってみますよ」

「私もぜひ会いたいの。これから行ったって、大丈夫よ。夜中に恋人が訪《たず》ねて来る。女は嬉しいに決ってるわ」

晶子は気を変えそうにない。――佐伯は、

「分りました」

と肯いて、「じゃ、ともかく電話してみます」

と、ケータイを取り出したが、

「いきなり訪ねて行くのよ。それが効果的なんじゃないの」

と、晶子は言い張った。

何といっても「社長夫人」の意向は無視できず、佐伯は支払いを済ませて店を出ると、

「車、どうします？」

と訊いた。

晶子が運転して来たのだが、レストランでワインを飲んでいる。

「ここの駐車場に置いてくわ。明日、誰かに取りに来させるから。タクシーを停めて」

「分りました」

タクシーを拾って、二人は小林京子のマンションへと向った。

深夜のことで、三十分とかからずに着く。

「鍵は持ってるの？」

と、マンションに入ると、晶子が訊いた。

「はあ……。一応」

「じゃ、オートロックを開けて。入りましょう」

「しかし、寝てるところへいきなり……」

「怖い？　小林さんが他の男と寝てたりして？」

と、冷やかすように言った。

「そんなことは……。じゃ、玄関でチャイムを——」

「ええ、もちろんね」

オートロックを開けて、エレベーターで五階へ向う。

「ええと……。〈５０２〉です。ここだ」

女一人なので、表札には名前が出ていない。

佐伯は、チャイムを鳴らした。

10　破綻

昼休み、爽香がサンドイッチをつまんでいると、ケータイにメールが入った。

「あら……」

〈有本縁《ありもとゆかり》〉とある。

一年ほど前、〈M地所〉で有本哲也《てつや》と結婚した縁だ。――〈M地所〉の企画部にいて、今の爽香とも、少し接点がある。今度のプロジェクトとは係っていないが。ただ、河村爽子のイベントへの出演に尽力し、その好評もあって、今爽子は〈M地所〉の関連会社のイメージキャラクターになっている。

むろん、本来の演奏活動を最優先させる条件で、その企業も自然エネルギーの開発を手がけているので、「お目付役」の栗崎英子のお許しが出たのだった。

メールの本文を読んで、爽香は思わず微笑んだ。

〈爽香さん、こんにちは！

照れくさくて黙っていたのですが、実は先週、私、ママになりました！　女の子で、至って元気です。

　この先、八か月ほどお休みをいただきますが、仕事の上でご迷惑をかけることはないと思います。何かあれば、いつでも私にメールを下さい。

　今、娘の名前をどうするか、夫と毎日もめています。

　夫もずいぶん「普通の人」になりつつあり、それはそれでちょっと寂《さび》しい気もします。

　ともかく、二人とも親バカぶりを競《きそ》っていて、この幸せも爽香さんのおかげと感謝しています。

　お知らせまで。　　　縁〉

　爽香は早速、お祝いのメールを返した。

　仕事で神経を使って、疲れていた爽香にとって、こういう幸せなメールは嬉しい。

「少しはいいこともなきゃね……」

　と、コーヒーを飲みながら呟く。

　ケータイに電話がかかって来たり、メールが入って来るとドキッとする。このところ、昼休みをちゃんと一時間取れることは珍しいのだ。

　昼休みが全くなくて、昼食抜きになることもある。――会議、打合せ、プレゼンテーション……。

　爽香にとって、むしろ苦手な分野なので、疲れも倍になる。

妻を亡くした兄、充夫のことも心配だが、実家に寄る余裕もないのが実情である。母、真江の負担が大きくなっていると思うと、気が気ではないのだが、仕事と珠実のこと、そして明男のことだけで、手一杯というのが本音《ほんね》だった……。

「あ、また……」

ケータイにかかって来た。無視してやろうかと思ったが、松下からだ。

「――はい、杉原です」

と、小声で出ると、

「聞いたか」

いきなりそう言われて、緊張する。

「何のことですか？」

「知らないのか。小林京子ってのは、お前が助けた女だろ」

「ええ、〈Sプランニング〉の……」

「殺されたぞ、自分のマンションで」

爽香も、しばらく言葉がなかった。

「――初めて聞いて、びっくりして……。すみません。ニュース、やってますか？」

「犯人はまだ分ってない。室内が荒らされてると言ってるが、怪しいな。見せかけだけかもしれん」

「そうですね」

「例の誘拐未遂《みすい》の話が、意味を持ってくるかもしれないぞ」

「でも――殺したりするでしょうか」

「俺も、違う筋だという気がしている。何か分ったら知らせる」

「お願いします」

通話を切って、爽香は少しの間、目をつぶっていた。――まだ二十七、八だったろう。佐伯と付合っていた小林京子。

詳しいことは分らないにせよ、火の粉がこっちへ降りかかって来るのは勘弁《かんべん》してほしい、と思った。だが――たぶん無理だろう。

そう思ったとたん、爽香のケータイがまた鳴って、予想が当っていることが分った。

「――杉原です」

「N署の宮入です」

「どうも……」

と言いつつ、ついため息が出る。

「お聞きですか」

「つい今しがた。びっくりしました」

「全く。――いや、強盗かもしれず、あるいは個人的な恨《うら》みかもしれない。動機ははっきりしないのですが、あの誘拐事件とのつながりも調べる必要があると思いまして」

「分ります」

「あのとき、写真を撮りましたね、車の」

「ええ。ナンバーを撮っておこうと……」

「そのデータをいただきたい。ナンバー以外に、車に乗っている人間が写っているかもしれません」

「後ろからですから、顔が分るとは思えませんけど」

「しかし、色々解析《かいせき》してみれば。今はそういう技術が発達していますからね」

と、宮入は言った。

「写真のデータは今、私のケータイに」

と、爽香は言った。

「ではそれをこちらへ――」

「私が恨みを買うことになるって、分ってて下さいね」

「恨みを？」

「そのビル管理会社に雇《やと》われた人が、私のことを調べに来ました。そちらから情報が洩れたんです」

「それは――確かですか」

「ええ」

爽香は、筒見という探偵がやって来たことを話してやった。

「それは……とんでもないことだ」

と、宮入は重苦しい口調で、「こちらで調べますよ」

「よろしく。写真のデータは送ります」

半《なか》ば諦めて、爽香は宮入のケータイへ、写真のデータを送った。

メールが入っていた。あやめからで、〈打合せ、あと十分です〉とある。

「はいはい……」

もちろん、あやめのせいじゃないのだが、ついうんざりしている爽香なのだった。


「どういうことだ！」

いきなり怒声が飛んで来て、会議室の中は凍《こお》りついた。

「社長、お帰りでしたか」

と、立ち上ったのは、白髪《はくはつ》の倉木専務だった。

「今戻った」

〈Sプランニング〉社長、三好忠士は、不機嫌な表情を隠そうともせず、会議室の中へ入って来た。正面の席にいた管理職があわてて立って、椅子を引く。

「うちの社員が殺された？　どうなってる！」

と、椅子にかけて、三好は言った。

「警察はまだ犯人を捕《つか》まえていません」

と、倉木が言った。

「そんなこと分ってる」

と、三好は苛々と、「今のプロジェクトに悪影響はないのか」

「今のところ、そういう話は特に……」

「この先の捜査次第で、どうなるか分らない。そうだろ？」

「はい、社長」

「全く……。ちょっと会社を留守にすると、これだ」

会議室に集まっているのは、〈Sプランニング〉の課長クラス以上の全員だ。といっても、そう大企業というわけではないので、二十人ほど。むろん、佐伯もいて、

「申し訳ありません」

と、口を開いた。「小林君は私の下にいて……」

下にいて、か。「恋人だった」と言わないのか？　――他の出席者の間に、冷笑がわずかに広がった。

「小林といったか」

「はい。小林京子です」

「小林……。うん、憶えてはいる」

と、三好は肯いた。「独身だったか？」

「はい。まだ二十八でしたし」

「男とのもつれかな。ともかく、会社に迷惑がかからないように、情報を集めろ。今が大事な時だ」

三好の言葉に、会議室の空気はむしろホッと緩《ゆる》んでいた。

三好が、社員の死を心から悲しんで怒っているのならともかく、心配しているのは今のプロジェクトへの影響だけと分ったからだ。

「おい、佐伯」

と、三好が言った。

「はい、社長」

「心当りはないのか。いずれ警察が調べに来るぞ」

「一向に。——社長のお気持を煩《わずら》わさないようにします」

「頼むぞ。仕事絡みの事件だったら、まず間違いなくプロジェクトから外される。相手はお役所だからな」

「はい」

「もし、できれば——小林はもう、うちの社を辞めていたってことにするか」

「それは……却って警察には、何か隠さなくてはいけないことがあったような印象を与えませんか」

佐伯の言葉に、三好は渋々《しぶしぶ》、

「うん。それもそうか。ともかく、極力うちの名前が出ないように、やれるだけのことをやれ。いいな」

「承知しました」

と、佐伯は言った。

「俺は社長室にいる」

三好は立ち上ると、さっさと会議室を出て行った。

会議室の中は、しばらく静かになって、やがて一人、二人と退席して行く。

「——佐伯君」

と、倉木が言った。「少し、いいかな」

「はあ、何か?」

佐伯が足を止める。他の面々は全員がいなくなり、倉木専務と佐伯だけが残った。

「小林君とは付合ってたんだろ?」

と、倉木が言った。

「付合ってたといっても――」

「分ってるよ。君はもてるからな。小林君も『彼女の一人』だったんだろう」

「専務、何がおっしゃりたいんですか」

「いや、用心することだ。一旦疑われたら大変だぞ」

「そんなわけありませんよ」

と、佐伯が笑った。

「そうか？　まあいい。足下をすくわれないようにしろ」

倉木はそう言って出て行った。

佐伯は一人になると、ポケットからケータイを取り出した。

しかし、かける前に、

「あの……佐伯部長」

と、受付の女性が顔を出した。

「何だ？」

「警察の方がおみえです」

佐伯はちょっと舌打ちした。

「お疲れさまでした」

と送り出されて、爽香はちょっとフラついた。

本当に疲れた！

「足が棒って、こういうことね」

と、爽香は言った。

「大変でしたね」

と、あやめがふくれっ面で、「あのお役人、チーフのお尻に触ったりして！」

「あれはたまたまでしょ」

「いいえ！　明らかに意図的でした」

「まあいいわよ。日本の男たちも可哀そう」

爽香とあやめは会場から表に出て、ホッと息をついた。夜風が冷たい。

「今――九時か」

と、爽香は腕時計を見た。

今回のプロジェクトの大筋をマスコミに発表するイベントだった。ショッピングセンターや、住居棟、オフィス棟、公園などを含め、全体像がミニチュアで展示されてみごとだった。

会場は大いににぎわって、爽香たちも苦労のかいがあったのだが……。

「あのミニチュア作った人たち、大変でしたね」

と、あやめが言った。

事前に会場を下見した爽香たちは、あのミニチュアを作成するために、三日間一睡もせずに働いているスタッフを目にしていた。

会場の開くわずか十分前にやっと完成、イベントが始まると、そのスタッフたちは奥のスペースで、ただひたすら眠っていた。

「無理しても、頑張ってやっちゃうのが日本人なのね。できないものはできない、って言えればいいのに」

「でも、チーフだって、きっとやってましたよ」

「そうね。そう言われると……」

と、爽香が苦笑した。「さて……。帰るわ。珠実ちゃんの顔、見られそう」

「はい、気を付けて」

「うん。あ、バスが来た。じゃあね!」

爽香は、バス停に向って走った。

見送るあやめは、微笑みながら、

「無理しないで、チーフ」

と呟いた……。

11　闇の道

バー〈M〉の扉を押して入ると、二、三人の客が退屈そうに飲んでいるだけだった。

ホステスの志津が、

「奥よ」

とだけ言った。

「うん」

中町は肯いて見せると、「今日は……」

「何を飲む？　水割り？」

「今はやめとく。大分飲んで来た。ミネラルウォーターをくれ」

そう言って、中町はカウンターの中へ入ると、奥のドアを開けた。

人一人、やっと通れる狭い廊下を進むと、突き当りにドアがある。

「――待ったか」

と、ドアを開けて、「内輪の集まりがあってな」

中町は、小さなソファに、窮屈《きゆうくつ》そうに座った。

「三杯目だ」

と、男は言った。「そっちへつけていいんだろうな」

中町は答えず、少し疲れたようにソファで身動きした。

志津がミネラルウォーターを運んで来て、

「宮入さん、もう一杯？」

「いや、もういい」

宮入刑事は首を振った。「これ以上飲むと、後で話の中身を忘れる」

志津が戻って行くのを待って、

「どういうことだ」

と、中町は不機嫌に言った。

「どうもこうもない。殺人だぞ」

と、宮入は言った。「まさか、やりゃすまいな」

「当り前だ」

中町は苛々と、「俺たちの目当ては金だけだ。殺しなんかやらん」

「そう願うよ」

宮入はケータイを取り出して、「これを見ろ」

画面に、中町の車が映っていた。

「こいつは、例の女のか」

「杉原爽香が送って来た。車のナンバーを見ただけだが——見ろ。あんたの所の若いのが横顔で分る」

中町は宮入のケータイを手に取って、

「——これで分るのか」

「拡大しても、今は鮮明に見えるんだ。殺された小林京子を誘拐しようとしたとなれば、放っておけないぞ」

と、宮入は言った。

「何とかしろ」

と、中町はケータイを宮入へ投げ返すと、「そのデータを消せばいいだろう」

「しかし——」

「杉原何とかって女のケータイを没収するとか、できないのか」

「妙な真似《まね》をすれば、却って疑われる。あの杉原爽香は、警察にも知り合いがいるんだ。いいか、彼女に手出しするなよ」

「俺はギャングじゃない」

「若いのにも言っとけ。杉原爽香は、これ以上事件に係りたくないと思ってる。そっとしておけば大丈夫だ」

「その写真はどうする」

「幸い、何枚か写真がある。顔の分るのは除《のぞ》いて提出しておく」

「それぐらいはやってもらわんとな」

と、中町は言った。

「分ってる」

宮入は顔をしかめて、「しかし、警察は俺一人で動いてるわけじゃない。憶えといてくれ」

「分ってるとも」

中町はミネラルウォーターを一口飲んで、「やっぱり水じゃ物足りねえ。——おい！」

大声で呼ぶと、志津がやって来た。

「そんな大声、出さないで。お客がびっくりしてるわ」

「水割りだ」

「だから初めから言ったのに」

「早く持って来い！」

「はいはい」

志津は肩をすくめて、戻って行った。

「本当にやってないんだな」

と、宮入が念を押す。

「くどいぜ」

「それくらい殺人となると、こっちも違うんだ。特に仲間内の争いならともかく、今回は一般のＯＬだ。一般人を、抗争《こうそう》の巻き添えにすることだけは許さん」

「何度言わせるんだ」

「それならいい。――それに、〈Ｓプランニング〉の内輪もめぐらいじゃ、大した金にならないだろう。手を引いちゃどうだ」

「それはこっちが決めることだ」

志津が水割りのグラスを持って来る。

中町は一気に飲み干すと、

「――もう一杯」

と、空のグラスを志津へ渡した。

「はい」

志津が呆れたように出て行く。

「俺も行く」

と、宮入は立ち上った。「くれぐれも、自重《じちょう》してくれよ。頼むぞ」

「心配するな」

と、中町は口もとに笑みを浮かべて、「だが、俺たちは同じ船に乗ってるんだ。沈むときは一緒だぜ」

中町の言葉にも、宮入は何も言わず、ただ聞いているだけだった。そして、

「またな」

とだけ言って、出て行く。

少しして、志津が二杯目のグラスを持って来た。

「宮入さん、何だか難しい顔して帰ってったわよ」

と、グラスを渡して、「何か問題?」

「あいつは臆病なんだ」

と、中町は言った。「俺に道連れにされるのを心配してる。だからって、俺に逆らうほどの度胸はない」

「そう言っちゃ可哀そうよ。大変なんでしょ、お宅が」

「金が必要なんだ。俺なしじゃやっていけないのさ、あいつは」

「でも、いじめちゃ可哀そうよ」

「あんな奴に同情することはない」

と、中町はアッサリ言い捨てて、「おい、志津。今、客はいるのか」

「最後の一人が帰ったところ」

「じゃ、今は誰もいないんだな」

「ええ」

「店を閉めろ」

中町の目がギラつくような輝きを見せて、志津の体の線をゆっくりと辿《たど》った……。


偶然であるはずはなかった。

しかし、人間は「信じたい」と思うことなら、自分に信じさせることができるものだ。

「これは奥さん」

と言われたとき、佐伯みどりはそれが誰なのか分らなかった。

白髪のその紳士は、

「お久しぶりです」

と、微笑んで言った。

「どうも……」

みどりは、相手のことを思い出そうとしながら、当りさわりのない笑顔を作った。

「お忘れですか？　まあ、一、二度しかお目にかかっていませんからね。〈Sプランニング〉の倉木です」

みどりはハッとして、

「まあ、専務さん！　申し訳ありません。私、目が悪くて……」

「いやいや」

と、倉木は笑って、「私も、この前お会いしたころは、こんなに髪が白くなっていませんでしたよ」

「いつも主人が……」

ホテルのロビーである。夜十時を回ったとはいえ、週末のことで、まだ人は多かった。

「お帰りですか？」

と、倉木は訊いた。

「はあ。大学時代の友人で集まって、食事していまして……」

「もしお時間があったら、ちょっとお話しできませんか」

「はあ……」

「ここでお会いしたのも何かの縁でしょう。上のバーなら静かですし」

みどりは、わけの分らない内にエレベーターへと連れて行かれ、最上階のバーに入っていた。

そのころには、みどりも夫が社内で専務と対立する立場にいるということを思い出していた。

でも——私には関係ない。そうだわ。

美しい夜景を見下ろすバーで、みどりは倉木に軽いカクテルをおごってもらうことに、一向に遠慮する必要を感じていなかったのである。

「お宅は坊っちゃんでしたかね」

倉木はブランデーのグラスを手に言った。

「は……。ええ、誠《まこと》といいます」

「ああ、そうでした。〈誠〉君とは、いかにも佐伯君らしい名前をつけたな、と思ったのを憶えていますよ。今、いくつになりました？」

「十歳です」

「そうですか！　早いものですね」

「ええ、本当に……」

おいしいカクテルだった。口当りがいいので、アッという間に飲んでしまう。

もう一杯、いかがです？　――そう言われて、断る理由もなかった。

「今度の件では、私も心を痛めてるんですよ」

「はあ……」

「これまで順風満帆《じゅんぷうまんぱん》だった佐伯君にとって、今度のことは命取りになりかねない。むろんご承知でしょうが、社内には色々意見の違いはあります。しかし、佐伯君の優秀さは誰もが認めているんですよ」

「ええ、それは……」

「〈Sプランニング〉のために、佐伯君は欠かせない存在です。今度のことで、もしも——」

「あの……」

みどりは、おずおずと言った。「すみません。『今度のこと』とおっしゃるのは、何のことでしょうか?」

「これは失礼」

倉木は大げさに驚いて見せ、「ご存知だとばかり思っていました。うちの社の女性が殺されたことを」

「ああ、そのことでしたら——。もちろん存じていますわ。びっくりしました。でも、それが主人とどういう……」

「殺された小林君は、ご主人の下にいたのです」

「主人がそんなことを言っていたような……」

「つまり……彼女はですね……」

かなり長い間があった。

「——そうなんですね」

と、みどりは言った。「その人は主人と——」

「まあ……そういうことです。社内では誰でも知っています」

「はあ……」

みどりは何度も肯いて、「そうだったんですね。でも——その方は主人のせいで殺されたわけじゃないのでしょう」

「それはまだ何とも。犯人は捕まっていないですし」

二杯目のカクテルが来た。

みどりは、

「専務さん、まさか——主人がその人を殺したとでも？」

と言った。

口調に警戒《けいかい》の色があった。

「もちろん、そんな意味で言ったわけじゃありません」

と、倉木はなだめるように、「佐伯君がそんなことをする人間でないことは、私だって分っています」

「でも、主人の『命取りになる』とおっしゃいましたわ」

「ああ、それは……。つまり、今の仕事はお役所絡みですから。役所はそういうスキャンダルを一番嫌うものです。疑いをかけられたというだけでも、うちはプロジェクトから締め出されてしまうかもしれない」

「では、主人があの女性と係りがあったということを、黙っていて下さればいいでしょう」

と、みどりは言った。

「奥さん――」

「主人の足を引張るようなことはなさらないでしょうね。それが理由で大きな仕事を取り逃したら、会社にとってマイナスですものね」

「それは確かに……」

「私、もう失礼しますわ」

と、みどりは立ち上ると、バッグから札入れを取り出し、一万円札を抜いてテーブルに置いた。「私の分、これで足りるでしょうか」

「まあ、奥さん――」

「失礼いたします」

みどりはバーを出た。

倉木がどんな下心で近付いて来たのか、みどりもよく分らなかったが、ともかく用心に越したことはない。

エレベーターでロビーへ下りながら、いささか酔いが回って、みどりは大欠伸をした……。

12　主　題

昼休み、爽香は〈ラ・ボエーム〉に入って行った。

「お待ちですよ」

と、マスターの増田が言った。

椅子から立ち上ったのは、岩元なごみだった。

「ごめんね。待った？」

と、爽香は言った。

「いえ、十分くらい」

「お昼休みもきちんと取れないの。グチっても仕方ないけど。――あ、今日のブレンドでいいわ」

「はい。サンドイッチでも？」

「できる？　助かるわ」

「いいですよ」

岩元なごみは、

「お忙しいのにすみません」

と、恐縮している。

「いいえ。――涼ちゃんのことで？」

「いえ、そうじゃないんです」

と、なごみは言った。「涼君は知りません。私が会いに来たこと」

「そう。じゃ、どんなことで？　この間の探偵さんのこととか？」

爽香としては、岩元なごみが「お会いしたいんですけど」と言って来る用事を思い当らない。

「私、涼君とは写真部で一緒で」

と、なごみはコーヒーを飲みながら言った。

「そうですってね」

「十一月には大学の文化祭があります。写真部は、当然各自でテーマを決めて作品を展示するんです。テーマは自由なので、みんな色々頭をひねってます」

「いいわね。文化祭か！　学生時代は遠くなりにけりだわ」

「涼君は何を撮るか、まだ決めてないみたいです。テーマによっては、地方へ行かなきゃいけないこともあるので、色々なことを考えて決めないと」

「そうでしょうね」

「それでお願いが」

「私に？」

「はい。私、爽香さんをテーマに、仕事されてるところや、休日にお子さんと遊んでるところを撮りたいんです。いいでしょうか？」

爽香も、あまりに思いがけない話に目を丸くした。

「――私？　私を撮るの？」

「はい。許していただけたら、オフィスで撮影させていただきたいんです。それとご自宅でも」

「ちょっと――ちょっと待って」

と、あわてて、「どうして私を？」

「被写体として興味があるんです。この間のことも含めて、爽香さんって凄く魅力のある方で、私、思い付くと、どんどん膨《ふく》らんでしまって」

「はあ……。でも、私はただの会社員よ。ちっとも面白くないと思うけど」

「面白さを見付けるのは、撮る人間の方です」

と、なごみは言った。「爽香さんは、いつもの通り仕事をして、お家で寛《くつろ》いでいて下さればいいんです。私のことは気にしないで、そこにいないと思っていただければ」

「はあ……」

爽香も、さすがに面食らって、何と言っていいのか分らない。

「もちろん、勝手なお願いなので、お気を悪くされると――」

「いえ、気を悪くするなんてことはないのよ。ただ――あんまり思いがけない話で、びっくりして」

「爽香さん、絵のモデルになられたんですね。リン・山崎の」

「涼ちゃんから聞いた？」

「はい。凄くドラマチックないきさつがあった、って。今はポスターしか残ってないんですってね」

「幸いなことにね」

「今度、そのポスター、見せてもらうことになってます。私もぼんやり憶えてるんですけど、もう一度、ちゃんと見たくて」

「え？　ポスターって……」

「涼君の所にあるって聞きました」

「本当に？　――どこにしまったんだろ」

「私は爽香さんのヌードを撮ったりしませんから」

「当り前よ！　もう勘弁してもらわなきゃ」

爽香はため息をついた。「なごみさん。あなたの話はよく分ったわ。ただ、今すぐ返事はできないの。オフィスでの撮影は許可が必要だし、家で、ということになると、主人や娘のこともあるし」

「はい、承知しています」

なごみは笑顔になって、「でも、爽香さんご自身は受けて下さるんですね」

「いえ――そういうわけじゃ……」

「お願いします！」

と、なごみは深々と頭を下げた。「もう、私の頭の中、爽香さんのイメージで一杯なんです。他のアイデアの入り込む余地《よち》がなくなってしまって。断られたら、途方に暮れるところなんです」

「そう言われても……。ともかく考えさせて」

「分りました。いつご返事いただけますか？」

「そうね……。二、三日はないと」

「じゃ、撮影は来週ぐらいからってことですね」

「ちょっと待ってよ！　まだOKしたわけじゃ――」

「はい、分ってます。でも、準備はしておかないと。それは構わないですよね」

「え……。まあ、別にいいけど……」

「ありがとうございます！」

「あのね、まだ返事したわけじゃ……」

爽香はなごみの話術にすっかり圧《お》されていた。――この子、将来営業に行ったら、絶対成功するわね、と思った。

なごみが先に帰って行くと、爽香はサンドイッチをつまみながら、

「――ああ、びっくりした」

「口の達者な子ですね」

と、増田が言った。

「本当！　私、少し、見習わなくちゃ」

と、爽香は言った。


「爽香おばちゃんに？」

と、涼は目を丸くして、「それ、本当なのか？」

「もちろん」

と、なごみはシェークを飲みながら言った。

「お前……」

涼は呆れて、なごみを眺めていたが、「びっくりさせる奴だな、全く」

と、ハンバーガーにかみついた。

「まずかった？」

「そうじゃないけど……。どうして俺に黙って……」

「言えば、『よせ』って言うでしょ」

「当り前だ」

「そんなことで喧嘩《けんか》したくないもん」

なごみの言い方に、涼もいつまでも怒っていられず、つい笑い出してしまった。

「――それで、何て言ってた？」

「爽香さん？　少し考えさせてくれ、って。でも、私の気持はちゃんと分ってくれてたみたいよ」

「そうか……」

涼はちょっと目をそらした。

「――どうしたの？」

と、なごみは訊いた。

「いや……。たぶん、おばちゃんはそれどころじゃない。仕事も忙しいし、俺の家のことも心配してるし……。でも、頭ごなしに断らなかったのは、俺のことを考えてるからだ」

「涼のこと？」

「俺が初めて好きになった相手のことを、さ。自分のせいで、お前と俺がどうかなったら、って」

「まさか」

「本当だよ」

と、涼は言った。「あの人は、そういう人なんだ。——自分が我慢して済むことなら、我慢しちゃう人なんだよ」

「でも、私、そんな言い方しなかったつもりよ」

「分ってる。でも、おばちゃんはきっとそこまで考えて、迷ってるんだ」

なごみは少し黙って目を遠くへやった。

——大学のお昼休みだった。

二人は大学の前のハンバーガーの店に入っていた。

「悪かったかな」

と、なごみは言った。「でも、もう言っちゃった」

「いいさ。でも、断られるかもしれないぜ。それは分ってくれよ」

「うん。——困るけどね、その時は」

と、なごみは微笑んで、「でも、潔《いさぎよ》く諦める」

「そうしてくれ。おばちゃんに、これ以上負担かけたくないんだ」

「涼。――好きなのね、爽香さんが」

「そりゃそうさ。苦労して来てるんだ。うちのせいもあるし。でも、文句一つ言わない」

「偉いね。私じゃ、とても無理だ」

と、なごみは言った。

涼は腕時計を見て、

「今日は三時からバイトなんだ。なごみは？」

「私は、写真部の打合せがある。文化祭の展示についてね」

「そうか」

「終ってから、会える？　七時くらいになるけど」

「うん、いいよ」

涼の顔がパッと明るくなった。

なごみのケータイが鳴った。

「ごめん。――はい」

なごみはちょっと席を立つと、少し離れて話していたが――。

「ね、今……」

と、戻って来ると、「爽香さんからだったの」

「え？　何だって？」

「うん……。承知してくれた、撮影」

「本当に？」

「ええ。『いい写真、撮ってね』って言ってくれた」

なごみは肯いて、「いい人だね、本当に……」

と言った……。

13 吊橋

会議は予定を一時間も延びて、やっと終った。

爽香は分厚い資料を手さげの袋へ入れると、大きく息をついた。

会社で打合せの予定があり、久保坂あやめを先に帰していたのだが、良かった、と思った。仕事相手を待たせてしまうところだ。

「〈G興産〉の方」

と、お役所の人間に呼び止められ、たった今、会議で取り上げていたことで、さらにくどくどと念を押された。

本当にもう……。

「お役所仕事」というのは本当にあるものだと爽香は今度のプロジェクトに係って実感していた。

わざと「はっきり決めない」とか、すぐに「持ち帰って検討します」とか。何の判断もできない人間が、どうして会議に出て来るのか、民間企業にいる身にはとても理解できない。

おかげで、また十五分も余計に時間をむだにした。――かなり不機嫌な顔だったのだろう。

「怖い顔してますね」

と言われてびっくりする。

「佐伯さん。残ってらしたんですか」

〈Sプランニング〉の佐伯も、会議に出席していたのだ。

「メールを打ってまして」

二人はエレベーターで一階に下りて行った。

「あの――」

と、爽香は言った。「小林さんのこと、残念でしたね」

「ああ……。いや、まだ犯人が捕まらないのでね」

と、佐伯は言った。「小林君が車で連れ去られそうになったのを助けて下さったんですね。まさか殺されるとは……」

「まだお若かったでしょう」

「二十八でした」

と、佐伯は言って、「――よかったら、ちょっとお茶でも」

エレベーターが一階に着く。

正直、早く会社に戻りたかったが、事件のことも気になって、

「じゃ、少しだけ」

ビルの地階の喫茶店に二人で入った。

ミルクティーを甘くして飲みながら、

「佐伯さんは小林さんとお付合されてたんですよね」

「ええ、まあ……。あの一件で、すっかり怒らせてしまったんですが」

「でも——誘拐しようとした連中が殺したとは思えないんです。むしろ個人的な理由だったんじゃないでしょうか」

爽香の言葉に、佐伯はちょっと意外そうに、

「そう思いますか」

と言った。

「私の直感ですけど。佐伯さんはどう思われます？」

「いや……。私はただびっくりしているだけで」

佐伯はせかせかとコーヒーを飲んでいる。爽香はそんな佐伯の様子を見ていたが、

「佐伯さん、何かご存知では？」

「え？」

「小林さんが殺された件で。何か大切なことを知っておられるんじゃありませんか？」

佐伯は肯定も否定もせず、目をそらした。認めているのも同じだ。

「——佐伯さん、隠しごとはいけませんよ。いずれ警察に知れたとき、疑いをかけられます」

「それは……」

「もちろん、あなたが小林さんを殺したとは思いません。でも警察はあなたがどんな人か知りませんから、ただ重要な情報を隠していた、というだけで疑ってかかります」

爽香には、佐伯がどんどん落ちつかなくなってくるのが見ていて分った。——いつもは二枚目然として取り澄ましているが、その実、気の小さい人間なのだ。

「杉原さん」

と、やがて佐伯は言った。「実は——刑事が会社へも来ましてね」

「それは小林さんとの関係について？」

「付合っていたことを、誰かから聞いたんでしょうね。社内では何人か知っていましたから。特に私を疑ってる風ではありませんでしたが……」

「あまりあてにいなりませんよ」

と、爽香は首を振った。

「杉原さん」

と、佐伯が思い切ったように、「実は、小林君が殺されているのを発見したのは私なんです」

爽香は目を見開いて、

「それって――通報したんですか？」

「外の公衆電話から。匿名だったし、早口に言って切ってしまったので……」

「どうして――」

「私は彼女と関係があったし、マンションの鍵も持っています。それにあんな時間で……」

「詳しいことはニュースでもやっていませんが、佐伯さん、一部始終話してもらえませんか」

佐伯は肯いて、水を一口ガブッと飲むと、

「あの夜、遅くまで残業していたんです。そこへ――」

と言いかけたとき、佐伯のケータイが鳴った。「失礼！」

佐伯は席を立つと、店の外へ出て、ケータイで何か話していた。そして数分して戻って来た。

そして黙って座ると、グラスの水を一気に飲み干した。

「佐伯さん……」

「いや、とんでもないことを言いました」

「え？」

「今、お話ししたことはすべて取り消します。忘れて下さい」

「そんなこと――」

「どうかしてたんです。あんなでたらめを並べてしまった」

佐伯の声は上ずっていた。――今の電話のせいだろう。

「分りました」

と、爽香は言った。「伺ったことを忘れるわけには行きませんが、他言はしません」

「杉原さん……。よろしく」

と、佐伯は頭を下げた。

「ただ――また話したくなったら、いつでも連絡して下さい」

佐伯はその爽香の言葉に、一瞬目を伏せたが、立ち上ると、

「ではこれで」

と、伝票をつかんで、「お引き止めしてすみませんでした」

「いえ――」

「ここは私が。お誘いしたんですから」

爽香の分も払うことで、佐伯は何とかいつものイメージを保とうとしているようだった。

レジで支払いを済ませて出て行く佐伯を見送って、爽香は、

「人殺しのできる人じゃないわね」

と呟いた……。

爽香が喫茶店を出て行くと、店の奥の席に一人で背を向けて座っていた女が立ち上った。

支払いをして店を出ると、ビルの駐車場へと階段を下りて行く。

赤いポルシェの傍《そば》に、佐伯が立っていた。

「――やあ」

と、佐伯は言った。「僕を見張ってたのか」

「待ってたのよ」

と、三好晶子は言った。「あなたがあの女と一緒にいるのを見て、いやな予感がしたの」

「しかし……」

「私が席から電話しなかったら、あなた何もかもしゃべってしまってたでしょ」

「分ってくれ。僕は小林君と付合ってた。どう隠しても、いずれ警察に知れる」

「大丈夫よ」

「大丈夫って？」

「私があなたのアリバイを証言してあげる。でも、そうなれば主人も私とあなたのことを疑うようになるわね」

「そんなこと……。君とは何でもないのに、クビになっちゃ困るよ」

「だから、できる限り黙ってるの。このまま放っておけば、警察が本当の犯人を捕まえるかもしれないわ」

「そううまく行くかい？」

「祈るのね」

と、晶子は微笑んで、「さ、乗って。運転するわ」

「どこへ行くんだい？」

「そうね。――私たち、もっと綿密《めんみつ》に打合せする必要があるわね。そうじゃない？」

晶子は、助手席に佐伯を乗せて、ポルシェのエンジンをかけた。

「凄い車だな」

と、佐伯は首を振って、「社長も持ってるだろ？」

「ええ。私はこの色が気に入ったの」

晶子はチラッと佐伯を見て、「運転してみる？」

と言った。

「――いいのか？」

「どうぞ。傷つけないでね」

佐伯の頬《ほお》が紅潮《こうちょう》した。――しょせん、単純な男だった。


「お帰りなさい」

オフィスに戻った爽香へ、久保坂あやめが声をかけた。「ずいぶん延びたんですね」

「ええ。——佐伯さんと少し話もしててね」

爽香は伸びをして、「どうなった？　打合せが——」

「こちらの言い値でOKしてもらいました。充分利益は出ますよ、あちらも」

「話、ついたのね？　助かったわ」

爽香はパソコンのメールを眺めて、

「あやめちゃん、ご主人との約束あったんじゃないの？」

「そろそろ出ます。——チーフ、あのカメラマンは？」

「え？」

爽香は戸惑って、「岩元なごみちゃん？　もう帰ったんでしょ」

涼の「彼女」でもある岩元なごみは、大学の写真部の展示のために、爽香をテーマに写真を撮っている。社長の田端《たばた》も面白がって、社内での撮影を許可してくれた。

ここ数日、爽香の働いている姿をカメラに収めているのだ。

「チーフの後を追っかけて行きましたよ」

と、あやめが言った。

「本当？　気が付かなかったけど」

もちろん、外での会議には立ち入れない。

「私が先に出たとき、あのビルのロビーにいましたけど」

「そう。気が付かなかったわ。まるで忍者ね」

と、爽香は苦笑した。

「面白い子ですね。涼君が惚《ほ》れてるっていうの、分るな」

そう。ただ「大人びている」というだけでなく、自分なりの生き方を持った女の子だ。

そこへ、当の岩元なごみがジーンズ姿でカメラを肩にさげてやって来た。

「なごみちゃん、どこにいたの？」

「爽香さんを撮ってたんですよ、もちろん」

「え？　どこで？」

「男の人と喫茶店に入ってたでしょ。プライベートかな、とも思ったんですけど、表からガラス越しに狙いました」

「あら……。まるで芸能人ね、私」

と、爽香は苦笑した。

「話の途中で、男の人が店を出て、ケータイで話してましたね」

「ええ。それも見てたの？」

「あの電話かけたの、同じ店の中にいた女の人です」

「店の中に？」

「爽香さんたちが入ったすぐ後に入ってってたんです。爽香さんからは見えない席に一人で座ってて」

「話を聞いてた？　それで……。あのタイミングでかけて来たのね」

と、爽香は肯いて、「でも、なごみちゃん、危いことはやめて。この間小林京子って人が殺された事件と係ってるのよ。あなたの身に何かあったら……」

「大丈夫です。私、向いのドラッグストアで雑誌買いながら撮ってたんで、気付かれてませんし」

「チーフ」

と、あやめが心配そうに、「なごみちゃんのこともですけど、自分でも用心して下さいね」

「その女の人です」

なごみがカメラを手にして、画面に店を出ようとする女性の写真を出して見せた。

「この人……。どこかで見たことあるわ」

と、爽香は言って、「あやめちゃん、分る？」

あやめは覗き込んで、

「ああ。〈Sプランニング〉の社長の奥さんですよ」

「あ……。三好さん、っていったっけ」

「そうです。三好晶子さん、ですよ。確か」

人の顔と名前を憶えることにかけては、あやめは誰にも負けない。

「そうだったわね。パーティーでいつか見かけたっけ」

「挨拶したじゃありませんか」

「そうだっけ？　――だめだ、忘れてる」

爽香は首を振って、「社長夫人が佐伯さんに……」

「佐伯さん、何の話だったんですか？」

と、あやめが訊く。

「うん……。それがね……」

他言しないと約束はしたが、あやめには知っておいてもらった方がいい、と思った。

「――それって大変ですね」

と、あやめが言った。

「でも、佐伯さんがやったんじゃないってことは分るわ」

「社長の奥さんが、その話を邪魔したってことは……」

「佐伯さん、かなり危い橋を渡ってるわね」

と、爽香は言った。「あやめちゃん、もう帰って。私も片付けたら帰るから」

「はい。じゃ、お先に」

――爽香はパソコンのメールで急ぎのものは返事を出すと、

「さて、引き上げるかな」

と、息をついて、「なごみちゃん。涼ちゃんは何を撮ってるの？」

と訊いた。

14　迷い道

いつもは飛んだりはねたりしている女の子たちの甲高い声が響いているTVスタジオに、澄み切ったヴァイオリンの音がしみ込んで行った。

演奏しているのは河村爽子である。

クラシック音楽好きの作家をゲストに迎えたトーク番組で、一曲だけ弾くことになったのである。

ゲストの作家はもちろん、レギュラーの司会者や、アシスタントの女性も、じっとヴァイオリンに聴き入っている。

爽子の弾くバッハの無伴奏曲は、クラシック音楽に詳しくない人の心をもしっかりと捉《とら》え、ただ黙って聴くようにさせたのだった。

演奏が終って、その残響が消えても、少しの間、誰も拍手しなかった。爽子が一礼して、初めてスタジオ中に拍手が溢《あふ》れた。

「すばらしい演奏でしたね！」

と、司会の男性タレントが首を振って、「ヴァイオリンは河村爽子さんでした！」

スタジオ中に拍手が響く。

——爽香はスタジオの隅《すみ》で、その様子を見ていた。

「あ、爽香さん」

爽子がヴァイオリンを手にやって来た。

「すてきだったわよ」

と、爽香は言った。「たった一曲ってのは残念だけど」

「でも、私の番組じゃないから」

と、爽子は微笑んで、「着替えてくる。待っててくれる？」

「もちろん。先生は？」

「もう来てると思うんだけど……」

スタジオを出て、爽香は廊下の椅子に腰をおろした。

河村布子から、「話があるから」と言われている。大方、爽子のことだろう。

夜、七時を少し回っていた。

なかなか夕食の時間には帰れない。——明男が冷凍してあるおかずを温めて、珠実と一緒に食べてくれている。

土日は必ず休んで、珠実と一緒にいるようにしているのだが、時には「日曜日しか都合がつかない」相手との打合せもあって……。

爽香は松下から「疲れている」と見られたことがショックだった。

疲れを外に出さない。――そう心がけて来た。

でも、もう無理な年齢になっているのかもしれない……。

「爽香さん」

早々と着替えた爽子が、ヴァイオリンケースを肩に、やって来た。

「早いわね。先生は？」

「メールで、十分くらい遅れるって」

「忙しいわね、先生も」

「学校が何かと大変みたい」

と、爽子は並んで座ると、「それにお父さんのこと……」

「河村さん、どんな具合？」

「うん……。今、迷ってる」

「というと？」

「もう一度手術するかどうか。――体力落ちてるから」

「そうね」

「私――イタリアの音楽祭に招ばれてるの」

「先生から聞いたわ」

「夢みたいな一流の人たちと一緒に室内楽ができる。飛んで行きたい。でも、お父さんのことが……」

「河村さんは、きっと行ってほしいと思ってるわよ」

「うん、分ってる。ただ――向うに行ってる間に手術ってことになるらしいの」

「そう……」

「それに費用も。手術や入院にずいぶんかかってるから、今まで」

「分るわ。でも、河村さんはぜひあなたに行ってほしいと思ってる。プロとして、それは仕方のない選択よ」

「ええ……」

と、爽子は肯いて、「二、三日の間に返事しなきゃいけないの。今日、爽香さんと相談したくて」

「私は大したこと言えないわ。――費用のことなんか、宝くじでも当らないかな、って思うくらいね」

二人は笑った。

「――あ、ごめん」

ケータイが鳴ったのだった。

爽香は立って、少し離れると、

「もしもし、綾香ちゃん？」

「ごめんなさい、仕事中？」

「大丈夫。今、TV局のスタジオで爽子ちゃんの演奏を聴いてたの。何かあった？」

「今、お父さんが救急車で……」

「え？　どうしたの、お兄さん」

「酔って暴れてる内に、車椅子が引っくり返って。投げ出されて、頭を打ったの」

「しょうのない人ね！」

爽香はため息をつくと、「病院、どこ？」

と訊いた。

頭には、派手に包帯が巻かれていたが、

「大した傷じゃありません」

と、当宿の医師は言った。「頭は切ると派手に出血するので、びっくりしますがね。ただ、頭を打ったということで、念のためにMRIをやっておいた方が」

「ありがとうございました」

爽香は深々と頭を下げた。

車椅子でふてくされているのは、酔って車椅子ごと倒れ、頭を切った兄の充夫だ。

「お騒がせしました」

と、爽香は救急病院のスタッフにくり返し礼を言った。「綾香ちゃん、車椅子、押せる？」

「うん、もちろん」

「表に明男が待ってるから」

爽香は充夫へ、「お兄さん。綾香ちゃんに心配かけないで。お母さんだって、もう若くないんだから」

充夫は聞こえないふりをしてそっぽを向いた。――爽香は肩をすくめて、

「明男に電話するわ」

と、ケータイを取り出した。

車椅子の充夫を家へ連れて帰るのに、タクシーではお金も手間もかかるので、明男が車で迎えに来ていた。

「――うん、今、〈救急外来〉の所を出るから。――分った」

爽香はケータイを切ると、「綾香ちゃん、明男の車、正面の方にいるっていうから、見て来てくれる？」

「うん。こっちへ誘導すればいいのね」

綾香が駆けて行く。

爽香と二人になると、充夫が言った。

「うまくいかないもんだな」

「――何が?」

「けがした頭を殴られたいの?」

「お前だって、本当はそう思ってるだろ。俺なんか、厄介者《やっかいもの》だ。死んでくれりゃ楽だって」

「死んじまえば楽だったのに」

「お兄さん……。馬鹿言わないでよ」

と、爽香は言った。「お酒のせいで、そんなこと考えるのね」

「酒なしで、一日中ずっと冷静でいてみろ。それこそ川にでも飛び込んで死にたくなる」

充夫の口調は真剣だった。

「お兄さん……。リハビリが辛いのは分るけど、少しずつでも頑張ってよ。綾香ちゃんたちがああして働いて……」

綾香が戻って来る。車のライトがついて来ていた。

「ちゃんとMRI、受けてね」

と、爽香は言った。

「そんな金、ないよ」

「お兄さん――」

「いくらかかると思ってんだ？　今、うちにそんな余裕なんかない」

「やあ、どうです？」

車から降りて来て、明男が言った。「凄い包帯だな」

「大したけがじゃないのよ」

と、綾香が言った。「お父さん、つかまって。座席までゆっくり歩ける？」

「僕が支える。綾香ちゃんはトランクに車椅子を」

「はい」

爽香は、明男と二人で車の後部座席に何とか充夫を座らせると、息をついて、

「私、助手席に乗るから。綾香ちゃん、お父さんの隣に乗って」

「うん」

充夫は、明男にも礼を言うでもなく、黙って目をつぶっていた。


「そんなことを言ってたのか」

家へ帰る車の中で、明男は爽香の話を聞いて肯いた。

「良くなろうって気がないのね。——お母さんも疲れてると思うわ。昼間はお兄さんと二人だものね」

もし、母が倒れたら……。爽香は、そう考えるとゾッとして、思わず目を閉じた。

「どうかしたか」

明男が気付いて訊いた。

「何でもない。珠実ちゃん、大丈夫かしら」

「もう五つだ。心配ないよ」

「でも――」

と言いかけたとき、爽香のケータイが鳴った。「珠実ちゃんだわ。――もしもし！」

「お母さん。もう帰って来る？」

「ええ。あと十五分くらいかな。ちゃんとおとなしくしてた？」

「うーん……。ちょっとジュース、こぼしちゃった」

「あらあら。お洋服、濡れた？　帰ったら着替えましょうね」

「うん。少し濡れただけ」

「冷たくない？　じゃ、もうすぐだからね」

珠実の元気な声を聞いて、爽香はずいぶん気が楽になった。

「――あの子、私に気をつかってくれてるのね」

「爽香に似たんだ。小学校に入ったらどうなるのかな」

「私に似たら、あんまり成績は期待できないな」

二人は笑った。

今は——ともかく今は、笑っていられる。
爽香は自分の幸せをかみしめた……。

15　遠い電話

カタコトの英語だったが、何とか通じたらしい。

少し待っていると、日本人の女性が出た。

「日本からです。河村爽子さん、呼んでいただけますか?」

と、爽香は言った。

「ええと……今、河村さんはリハーサル中でして。もうじき終ると思います」

と、その女性は言った。「どちら様ですか?」

「杉原と申します。改めてかけます」

「あ、お待ち下さい。——今、終ったみたいで……」

呼んでいる声、話し声がいくつか混って聞こえる。

少しして、

「もしもし」

と、息を弾ませた爽子の声がした。「爽香さん?」

「ええ。ケータイが切ってあるみたいだったから」

「二時間、ずっとカルテットやってて」

と、爽子は言った。

「安心して。お父さんの手術、成功したわよ！」

「え……」

爽子が絶句《ぜっく》した。——しばらく言葉にならないようで、おそらく泣いているのだろう、と爽香は思った。

「ごめん……。良かった」

と、涙声で言った。

「体力をつけて、きっと元気になるわよ」

と、爽香は言った。「ごめんね。本当は布子先生が電話したかったんだけど、泣いててだめなの」

「お母さんたら……。達郎いる？」

「ええ。代ろうか」

と、爽香は言って、「達郎ちゃん。お姉さんが」

爽香はケータイを達郎へ渡して、ハンカチで涙を拭っている布子の方へと歩いて行った。

「先生、良かったですね。——爽子ちゃんもホッとしてますよ」

「そうね」

布子は肯いて、「ありがとう、爽香さん」

「私が手術したわけじゃないですから」

と、爽香は言った。「もし、話せるようだったら、爽子さんに声、聞かせてあげては？」

「そうね。こんな声だけど」

布子は、達郎の方に合図した。

爽香はガラス越しに見える、集中治療室の中の河村を眺めた。

この一、二年で、別人のようにやせてしまった。髪も一時ほとんど抜けていたが、今は半分ほど生えて来て、ただ真白なのでずいぶん老《ふ》けて見える。

「——うん、そうなの。まだ眠ってるけどね」

布子の声も明るい。

しかし、河村が昔のように回復することはないだろう。しばらくは入院して体力をつけなければならない。

爽子は、父親の手術を見ることなくイタリアへ行った。その費用など、母の布子がかなり無理して作ったことも分っている。

父の手術、入院にかかるお金をどうするか……。布子が、

「お母さんに任せて」

と言って送り出したのだが……。

「――爽香さん」

という声に振り向く。

「志乃さん。手術、うまく行きましたよ」

早川《はやかわ》志乃はハンカチを握りしめて、

「そうですか……」

とだけ言うと、唇をかんで涙をこらえているようだった。

「色々、ありがとうございました」

と、爽香は礼を言った。

「とんでもない！　私は何も……」

「今、爽子ちゃんと話してるところです、布子先生」

「そうですか。イタリア？　遠いけど、今はいつでも話せるんですね」

と、志乃は肯いた。

早川志乃は河村と関係して、女の子、あかねを産んだ。あかねのことは河村も認知し、もちろん布子も承知している。

河村の手術の費用は、半分以上早川志乃が出しているのだ。

「元気になってほしいですね」

と、志乃は河村を覗き見て、「まあ……。あんなに小さくなって……」

布子がケータイを手にやって来た。

「爽香さん、ありがとう。あ、志乃さん、みえたの」

爽香はケータイを受け取ると、

「爽子さん、張り切ってるようですね」

「ええ。誰だか有名なチェリストに、凄くほめられたって。名前聞いても分らない」

と、布子は笑った。「志乃さん。じき、担当のお医者さんが説明して下さるの。一緒に聞いて」

「でも……いいんでしょうか」

「もちろんよ」

達郎が大きく腕を振り回してやって来ると、

「安心したら、腹減っちゃった！　食堂行って来ていい？」

高校生だ。食べ盛りである。

「いいわよ。カレーでも食べてらっしゃい」

「うん！」

「達郎君、一緒に行こうか」

と、爽香は言った。「私も喉が渇《かわ》いて」

「じゃ、行ってやって」

と、布子は微笑んで、「食べるのが早いの、びっくりしないでね」

爽香は笑って、達郎を促した。

布子と志乃。二人で話したいこともあるだろう、と思ったのである。

——病院の地下にある食堂に入って、達郎は言われた通りカレーライスを取り、爽香はレモネードを頼んだ。

確かに、達郎のカレーを食べるスピードは並外れて早かった。

「——ちゃんとかんで食べないと」

つい、母親のような口をきいてしまう。

「平気だよ。学校じゃもっと早い」

「男の子ね」

と、爽香は笑ってしまった。「お姉さん、何か言ってた?」

「何だか、泣いてばっかりだった」

「そう。ホッとしたのね」

爽香はのんびりとレモネードを飲んでいた。

「——爽香さん」

と、達郎が、いやに真剣な口調で言った。

「どうしたの？」

「僕……好きな子がいるんだ」

爽香は、危うくむせ返りそうになった。

「ごめん……。ちょっとびっくりして」

と、あわてて水を飲むと、「――そう。でも、もう十七だものね、達郎君。好きな子がいてもおかしくない」

「爽香さんは、十七のときには？」

「私？　まあ……今の亭主と、もう知り合いだったしね」

「そんなに早かったの？　よく飽きないね」

爽香は、達郎のあまりの素直な発言にふき出しそうになって、

「言われてみれば確かにね」

「でも――大変だったんだよね。僕も大体知ってる」

「そう。達郎君の好きな子って、どんなタイプ？」

「うん……。どんなかなあ……」

と、首をかしげる。「ともかく――」

「あ、ごめん」

爽香のケータイが鳴ったのである。

食堂に入ってから電源を入れていた。久保坂あやめから連絡があるかもしれなかったのだ。

「ちょっとごめんね」

席を立って、急いで廊下へ出た。やはりあやめからだ。

「――もしもし」

「チーフ、すみません。お邪魔したくなかったんですけど」

「いいのよ。もう手術、終った。うまく行ったのよ」

「良かったですね！　よろしく言って下さい」

「ええ。それで何か――」

「それが、急に〈Sプランニング〉から、会いたいって言って来て」

「〈Sプランニング〉の誰が？」

「倉木って専務です」

「ああ、白い髪の人ね。何の用かしら」

「訊いても言わないんです」

「そう」

倉木とは、そう何度も会っているわけではないが、おそらくあやめのことを、「ただの女の子」と思って、「大事な用は話せない」ということなのだろう。

「女性はお茶くみとコピー」

といった思い込みから抜けられない男性がいる。

倉木はおそらくそういうタイプだろう。さすがに爽香に対して見下すような態度は取らないが、それでも、

「上の方ともご相談いただいて……」

という言葉をよく使うのは、爽香には決められないだろうと思っているからだ。

「分ったわ」

と、爽香は言った。「すぐ会いたいって？」

「できれば、ってことです」

「いいわ、私が電話する。あやめちゃん、〈Sプランニング〉の内情を当っておいてくれない？」

「分りました。経済紙の記者で、詳《くわ》しい人がいますから」

「倉木さんには〈G興産〉へおいでいただきましょ。どうしても会いたいなら、自分が動くべきよね」

「チーフ」

と、あやめが嬉しそうに、「だからチーフが好きなんです！」

爽香はふき出しそうになった。

案の定、倉木は渋々という様子で〈G興産〉へやって来た。

応接室へ入って行くと、爽香は、

「ご足労いただいて」

と言った。「何しろうちは人手が少ないものですから、なかなか出られなくて」

「いや、まあ……」

「それでお話というのは？」

「佐伯のことなんです」

と、倉木は言った。

「佐伯さんが何か？」

「まあ――杉原さんは会議などで、ちょくちょくお会いになっているでしょうが、実は今、大変まずいことになってましてな」

「まずいとおっしゃると？」

「小林京子といううちの社員のこと、ご存知ですね」

「ええ、殺された方ですね。お気の毒に」

「小林は佐伯と――つまり親密な仲だったのです」

「そのようですね」

「彼女が殺されて、佐伯は社内でも微妙な立場なんです。社長は一応佐伯を高く買っていますが、万一、警察が佐伯を取り調べるということになると、今回のプロジェクトは、何しろお役所が絡んでいますからね」

「お話は分ります」

と、爽香は肯いて、「でも、それと私とどういう関係が?」

「つまりですね……」

倉木はちょっと座り直して、「杉原さんは、色々人脈が広くていらっしゃる。中には警察の関係の方もいらっしゃると聞きまして」

「それが……」

「佐伯が実際に容疑者として取り調べられる可能性があるものかどうか、ちょっと当ってみていただけないか、ということなんです」

爽香は呆れて、

「私は刑事じゃありません」

と言った。「警察がそんな捜査内容について、素人に洩らすはずないじゃありませんか」

「そこがお願いしたいところです。公式には無理でも、世の中、必ず裏というものがありますからね」

「私は残念ですが、そういうルートを持っていません。倉木さんの方がお詳しいのでは?」

「いや、私は一向に」

と、倉木は笑って、「まあ——万一、ということで結構ですが、佐伯のことで、何か耳にされることがあったら……」

「ご期待に添えるとは思えませんけど」

「そうですか。——いや、お忙しいところ、失礼しました」

倉木はいやにアッサリと立ち上ると、帰って行った。

爽香は一応オフィスの出口まで見送ったが……。

「チーフ」

と、あやめがやって来た。

「聞いてた？」

「ええ。何しに来たんでしょうね」

爽香は、応接室のテーブルのインタホンのスイッチを入れておいて、倉木との話が隣室のあやめに聞こえるようにしておいたのである。

「妙ね。何か他の目的があったんじゃないかしら」

と、爽香は首をひねった。

16　裏工作

「ホステスさん？」

と、爽香は朝食のトーストを食べながら言った。「明男がどうしてホステスさんと知り合ったの？」

「変なんだ」

明男は名刺を取り出して、爽香に渡した。

「バー〈M〉、柳《やなぎ》志津……」

と、読んで、「明男のファンなの？」

「ホステスってなあに？」

と、珠実が言った。

「そういうお仕事があるのよ」

と、爽香は言って、「ほら、ちゃんとミルク飲んで」

「――仕事の帰りにさ、横断歩道で信号が変るのを待ってたんだ」

と、明男は言った。「そしたら、すぐ後ろで『アッ』と声がしてさ、小さな包みが車道まで転《ころが》ったんだよ」

「危いわね」

「だから、ちゃんと左右を見てから拾ってあげた。そしたら、何だか大感激して、『こういうお店にいます』ってその名刺をくれて。『お礼をしたいので、ぜひ一度お店においで下さい』って言ったんだ」

「へえ……」

「おいでいただくだけで、とか言って、要するにタダでいいから、って言ってたけどな。ただ——何だかわざとらしいんだ。どう見ても、あれは口実じゃないかな」

「明男を引っかけてどうするのかしら？」

「なあ。放っとくからいいけど」

爽香はその名刺を見ていたが、

「いいわ。私に任せて」

「どうするんだ？　代りに行くのか？」

「私がバーに行っても仕方ないでしょ。この人のこと、調べてもらう」

「例の松下さんか」

「ええ。何だか裏がありそうだわ」

「うらって何のこと？」

と、珠実が訊いた。

「表の反対」

ますます分らない珠実だった……。


出社してすぐ、爽香は社長室に呼ばれた。

「おはようございます」

と、田端の前に立つと、

「これ、見憶え、あるかい？」

と、田端が一枚のファックスを差し出した。

走り書きの文字で、

〈Sプランニングの佐伯部長は恋人だった小林京子さんを殺した犯人です〉

とあった。

「――これ、どこに？」

と、爽香は訊いた。

「M地所の担当部長から送って来た。このファックスが、今回のプロジェクトに係ってる役所と企業のほとんどに送られてるそうだ。M地所にも届いたっていうんで、それをファックスしてもらった」

爽香は少し考えて、

「つまり――うちには来ていない、ということですか」

「来てるなら、君の耳に入るだろう」

「もちろんです！　それにしても……」

爽香はもう一度、そのファックスを見直した。隅の方に、かすかに文字が入っている。見慣れた書体だった。

「これ、うちの社名入りのメモ用紙ですね」

「やっぱりそう見えるか」

「確かです。――つまり、送られた所では、〈G興産〉の誰かがこのファックスを送ったと思っているということでしょうか」

「その文字、見憶えがあるかい？」

「いいえ。それに、匿名《とくめい》でファックスを送るのに、社名入りのメモ用紙なんか使わないでしょう」

「僕もそう思うよ。ただ、中にはうちが〈Sプランニング〉をプロジェクトから外そうとした、と思う者もいるかもしれない」

「うちとあそこは担当業務が重なりません」

「そうだな」

爽香は椅子にかけると、

「ただ、殺された小林さんと、私が係り合ったということで……」

「聞いたよ。彼女が誘拐されかけたのを助けたとか」

「余計なことだったかも……。でも、とっさのことで、損得なんか考えていませんでした」

「分る。君ならそうするよな」

と、田端は微笑んだ。

「いやですね、こんな……」

と言いかけて、「待って下さい」

爽香は内線電話で、久保坂あやめを呼んだ。

すぐやって来たあやめに、爽香はそのファックスを見せると、

「倉木さんを通した応接室に、このメモ用紙、置いてあったっけ？」

「見て来ます！」

あやめが駆け出して行く。

「〈Sプランニング〉で、今の二代目社長と倉木専務が争ってるようです」

と、爽香は田端に言った。

あやめが息を弾ませて戻って来ると、

「棚の所に置いてありました！　倉木さんがあそこのメモ用紙を持って行って……」

「そうらしいわね」

「すぐばれるようなことを……」

「でも、そのことを知っているのは、私たちだけだわ。――この筆跡が倉木さんのものなら……」

「他の人間に書かせてるんじゃないですか？」

「そんなことをすれば、その人も秘密を知ることになるわ。できるだけ知ってる人間は少ない方がいいのよ」

「じゃ、倉木さん自身が？」

「倉木さんの書いたものを手に入れられたら……。それに、佐伯さんがこれを知ってるのかどうか」

田端が愉快そうに、

「君好みの展開になって来たな」

と言った。

「ともかく佐伯さんは少し軽率《けいそつ》だったと思います。でも、あの人を殺したとは……」

と、爽香は首を振って、「これ、どうしましょうか？」

「そうだな。――何かいい考えはあるかい？」

爽香はそのファックスを手に、

「やってみます」

と言って、あやめを促し、社長室を出た。

「――ふざけてますね！」

と、あやめが怒って言った。

「〈Sプランニング〉のお家《いえ》騒動のとばっちりだとしたら、馬鹿にしてるわね。ただ、こんなつまらないメモ一枚でも、〈G興産〉のことを面白く思ってない人にとっては、足を引張る口実になるでしょう」

と、爽香はため息をついた。「真面目に働くだけでは仕事したことにならない。――そういう世の中なのね」

「どうします、チーフ」

爽香は足を止めて、

「向うが裏工作して来るなら、こっちはその裏をかくことね」

「裏の裏ですか」

と、あやめは目をパチクリさせて、「それって表ってことですか？」

爽香のケータイが鳴った。

「――もしもし、松下さん？」

「仕事中か」

「大丈夫です。今、廊下」

「お前はいつも面白いことを頼んで来るな」

「あのホステスさんのこと、何か分りました？」

「ああ。バー〈M〉では人気のあるホステスだ。ただ、他のホステスからは敬遠《けいえん》されてる。ホステス仲間から話を聞いた」

「何かあるんですか」

「例の〈Sビル管理〉の社長の女だそうだ」

爽香はゆっくり肯いて、

「そういうことですか……」

と呟いた。


「いらっしゃい！」

と、色っぽい声が飛んで来る。

「どうも……」

「お客さん、初めて？」

と、コートを脱がせながら、「どなたかお知り合い？」

「志津さん、いるかい？」

と、明男は言った。

「――ちょっと待ってね」

奥から、あの女が出て来ると、

「まあ！　来て下さったのね」

と、笑顔で寄って来る。「嬉しいわ！　こちらへどうぞ」

奥まったテーブルに案内すると、

「何でも好きなものをお飲みになって。私のお礼ですから」

「そうもいかないよ。ビールをもらおう」

明男はおしぼりで手を拭くと、「高く取るんだろ、こういう店は」

「今日は気にしないで下さいな」

「経費で落とせるような人間には、下の人間の苦労は分らないだろうな。――志津さん、といったね」

「ええ。どうぞよろしく」

志津がビールを注ぐ。

その手が細かく震えていた。

雑談している内に、店はほぼ一杯になって、話し声で溢れた。

「やかましいわね」

と、志津は言った。「お隣に行っていい？」

「ああ」

志津は明男と並んで座ると、ぴったり身を寄せた。

明男はグラスのビールを飲み干すと、

「――体がこわばってるよ」

と言った。

「え？」

「気が進まないことはやるもんじゃない。体は正直だよ」

「あの……」

「中町って人、今、店にいるの？」

志津が明男から離れて、

「――知ってらっしゃるの」

と言った。

「うん。女房から聞いた」

「じゃ……」

「でも、君は正直な人だって気がするんだ。中町って男が怖い？」

「それは……。私がしくじったら、きっと殴られるわ」

「今、この店に？」

「いいえ。大阪《おおさか》に行ってます。何か——幹部の集まりがあるとか……」

と、志津は言って、息を吐くと、「お芝居する必要はないのね」

「君は女優にゃなれないね」

と、明男は言って微笑んだ。

志津もやっと自然に笑って、

「昔、タレントになり損《そこ》ねたの。やっぱり演技ができなくて」

と言った。「何か他の物飲む？」

17　演技力

「聞いてるわ」

と、柳志津は言った。「あなたの奥さん、とても頭のいい人だって」

「どうかな」

と、明男はちょっと首をかしげて、「ただ、人から頼られると放っとけないんだ。ついお節介になる。性格だね」

「立派だわ」

「そう……。こんな亭主と一緒にいるんだ。その点は偉い」

「面白い人ね」

と志津は笑った。

バー〈M〉はにぎわっていて、二人の会話には邪魔が入らなかった。

明男は店内を見渡して、

「他のお客、放っといていいのかい？」

と訊いた。

「大丈夫。今夜は中町さんの仕事だって分ってるから、みんな」

「そうか。でも、居心地が良くはなさそうだね」

「そうなのよ」

と、志津はため息をついて、「あの人が早く私に飽きて、捨ててくれないかと思うんだけど……」

明男は軽いカクテルを飲んでいたが、

「しかしね、君は中町のことを色々知ってるんだろ」

「色々って……」

「つまり、彼の裏の稼業のことさ」

「こっちから訊くことはないけど、耳に入って来ることはあるわね」

「中には、知ってると危い情報もあるかもしれないよ」

「危い？」

「うん。もし中町が君に飽きて他の女に乗りかえたとしても、ただ別れるとは思えない。君の口から隠しておきたいことが洩れるかもしれないからね」

志津は表情をこわばらせて、

「そんなこと……考えなかったわ」

「もちろん、何もしゃべらないって中町に誓《ちか》うことはできるだろう。でも、ああいう連中は人を信用してないよ。誰でも、自分の身の安全しか考えないからね」

明男の淡々とした話し方には、却って説得力があった。

「私……逃げて帰りたいわ」

と、志津は言った。「故郷、東北なの。ずっと田舎で」

「急に姿を消したら、却って危いよ。捜し出すのは簡単だ」

「でも……。あなた、どうしてそんなことに詳しいの？」

「詳しいわけじゃないけど、今まで結構色々事件に係って来たからね」

「じゃ、私、どうしたらいいの？」

「そうだなあ……。中町が逮捕でもされればいいけど」

「そんなこと、あるかしら。――中町は警察の人ともつながってるのよ」

「そうなのか。君はそんなことも知ってる。やっぱり用心しないと」

「そう言われると……。怖いわ」

と、志津は急いで自分のビールを飲んだ。「――あなたを誘惑しろって言われたのだって、しくじったんだもの。何て言われるか……」

「悪かったね」

と、明男が言うと、

「本当よ」

と、志津は恨みがましく明男を見て、それから笑い出してしまった。「——あなたっていい人なのね」

「そんなことないさ。ただ、知り合ったきっかけがちょっとわざとらしかったね。それで君のことを調べて、中町との関係が分ったんだ」

「だめね、私は」

「君も、人を騙《だま》したりするのが嫌いなんだ。だから上手《うま》くやれないんだよ」

「そうね……。中町なんかと知り合わなきゃ良かった」

と、志津はため息をついた。

「中町はいつ帰って来るんだい？」

「明日か明後日……。向うに女がいるのよ。そこに一泊するか二泊するか、成り行きでしょ」

「じゃ、君はたった一日か二日で僕を誘惑しなきゃいけなかったの？ ずいぶん急だね」

「ねえ。私なんか、そんな魅力ないわよね」

「そうは言わないけど……。ま、一日二日じゃ無理かな、正直なところ」

と、明男は言った。

「正直過ぎない？」

と、志津は顔をしかめた。

「まあ、待てよ」

明男はちょっと考えていたが、「――しかし、君にこんな仕事を頼んで来るってことは、やはり君を信じてるからだろう」

「そうね……。機嫌のいいときは大事にしてくれるわ。その代り、私はあの人に高価なプレゼントなんか、一切ねだったことはないわ。好きだから付合ってる。――そこだけは守りたいの」

と言ってから、「向うが私のこと好きなら、他の男に抱かせようなんてしないわよね」

と、初めて気付いたように続けた。

「中町に家族は?」

「いるわよ。奥さんと娘さん二人――かしら、たぶん。奥さんには頭が上らないみたい。昔の兄貴分だった人の妹とかで」

「君のことは知ってるのか」

「女を作ることぐらいは仕方ないと思ってるみたい。奥さんと別れるなんて考えない人だからね」

「娘さん二人って?」

「確か――大学生じゃないかしら。双子の姉妹で、去年くらいに大学の入学式だった、って嬉しそうに言ってたわ」

「家族をうまく使えれば、君も無事に解放されるかもしれないよ」

と、明男は言った。

「どういうこと？」

「つまり——君が言われた通りに、僕をうまく誘惑したと中町に報告する。実際どうだったかなんて、分りっこないんだから」

「でも……」

「中町の目的は、僕に浮気させて、女房を苦しめようってことだろ。そんなもの、証拠はない。うまくやったと中町に信じさせれば……」

「できるかしら」

「できるさ」

「でも——演技力がないのよ」

「そうだった」

「もし……本当に私と浮気してくれたら、演技する必要ないんだけど……」

と、志津は明男の手を握って言った。

「で、なあに？　本当にホテルに行っちゃったの？」

と、爽香が怖い目で明男を見た。

「行っ、行っただけだ。——本当だぜ」

と、明男は言った。「バーの他の子にも、僕と二人で店を出るのを見せとかなきゃいけないしな」

「まあ、そうね。でもホテルに入ったの？」

「一応、二人でチェックインして、夕飯食べた。そこで別れたんだ。彼女一人で、のんびり泊ってるさ。ホテル代は中町って男が払ってくれるから、広い部屋を取ったしね」

明男は欠伸して、「ちょっとワインも飲んだから、眠くなっちゃったよ」

「お風呂には入らなかったの？」

「部屋に行ってないんだぜ」

「じゃ、入って来たら？」

「うん……。シャワーだけにしとくかな」

明男は上着を脱ぎながら言った。

「ちゃんとお湯に浸《つか》った方が酔いもさめるんじゃない？」

「それもそうか。——ああ、そうだ。な、お前の言ってた刑事って、何て名前だっけ」

「刑事？　ああ、宮入さんのこと？」

「宮入か。やっぱりそうか」

「何が?」

「志津が言ってた。中町の所へ出入りしてる刑事がいるって。どうやら中町から金を借りてるらしい」

「——まさか」

爽香は寝室へ入って来て、「それが宮入さん?」

「うん。宮入と言ってた」

「ひどいわ……。私のこと、筒抜けになってるわけだ」

爽香はベッドに腰をおろした。

「警察に投書でもしてやるか」

「知らないことにしておいた方がいいわ。そのつもりで付合えば。——でも、初めに中町のことを私に教えてくれたのは宮入さんよ。どうしてわざわざ……」

「何か理由があるんだろ」

と、明男は言って、「じゃ、風呂に入るよ」

「もうぬるくなってるわ。追い焚きしとく」

爽香はバスルームへ行って、火を点けた。

「——しかし、あの志津ってホステスも、根は真面目なんだ。中町のことも、うんざりしてるけど嫌いじゃないらしい」

「でも、深入りすると傷つくのはその人よ。心だけじゃなくて、本当に命の危険だってある。小林さんのように殺される人もいるんだもの」

「うん、それは言ってやった。——中町には奥さんと双子の娘がいる。夫と父親としての中町をうまく利用して、手を切るようにできればいいと思うけどな」

「妻と娘……。松下さんに調べてもらうわ」

と、爽香は言った。

——明男がお風呂に入っている間に、爽香は先にベッドに入って眠りかけていた。

柳志津というホステスのことを、明男が好意を持って見ているのは分っていた。でも、心配はしていない。

むしろ、志津の身の方が気にかかる。宮入刑事が中町とつながっていると分ったことで、爽香としては対応を考えることができる。

今の爽香にとっては、あの倉木が流したらしい怪文書のことが、むしろ差し迫った問題である。

「ああ……。世の中って面倒くさいことばっかり」

と呟いて、爽香はアッという間に寝入ってしまった。

「おい……」

風呂を出た明男は寝室を覗いて声をかけたが、明りを点けたまま爽香がぐっすり眠っているのを見て、黙って明りを消した。

パジャマを着て、居間に入ると、夕刊を広げた。——明日もスクールバスの運転があるから、もう寝なくては。

夕刊にザッと目を通すと、

「寝るか」

と、伸びをした。

ケータイが鳴った。——どこだ？

「そうか」

上着のポケットに入れたままだった。急いで取り出すと、あの柳志津からだ。

「——もしもし」

「あ……。ごめんなさい」

と、志津は言った。「今、話しても」

「大丈夫だけど、もう寝るところだよ。何かあったのかい？？」

「いえ……。ホテルのベッドが広すぎて落ちつかないの」

「中町は明日帰るのか？」

「いいえ、さっきメールが来て、帰りは明後日ですって」

「そうか。じゃ、向うの彼女の所に？」

「でも変なの。いつもなら、いちいち私にメールなんかして来ない」

「それは……」

「たぶん、別の新しい彼女ができたんだわ。それで少しは気が咎《とが》めて」

「君の直感？」

「まあね」

と、志津は笑って、「私も浮気してるわけだからいいけど」

「まあ、ゆっくり寝るんだね」

「ええ。そうするわ。こんな風に眠ることなんて、何年もなかった気がする」

明男はソファに座り直して、

「君――東北に家があると言ってたね。家族は？」

「両親がいるわ。畑仕事をしてる」

「もしかして――子供がいる？」

少し間があって、

「どうして分るの」

と、志津は言った。「両親にみてもらってる。今、五つになるわ」

「うちと同じくらいだな」

「女の子？　うちもよ」

と、志津の声が和んだ。

「じゃあ――やはり少しでも早く、中町と縁を切ることだね」

と、明男は言った。「中町の子？」

「いいえ。父親は行方不明。だめな男だったの」

「そうか。いや、何となく母親のような気がしたんだ」

「母親らしいことは、何もしてあげてないわ」

「大丈夫。今は分らなくても、その内にきっと分るようになるよ」

少し間があって、

「――ありがとう」

と、志津が言った。「あなたっていい人ね」

「どうかな」

「本当よ。――また電話してもいいかしら」

「用があればね」

「じゃあ……」

志津は何となくまだ言いたいことがありそうだったが、やがて通話は切れた。

明男は欠伸をして、ソファから立ち上った。そのとき、ケータイに着信のマークが出ているのに気付いた。

志津と話している間に、誰かからかかって来たのだ。——大宅栄子からだった。明男が毎日スクールバスで送り迎えしている大宅みさきの母親だ。夫を亡くして、母と娘の二人暮し。

経済的には困っていないようだが、栄子は寂しさからもあって、明男に思いを寄せていた。——しかし、生徒の母親との恋愛など、明男の仕事にとってはとんでもない話だ。

それでも、明男は放っておけなかった。

ちょっと寝室の方をうかがってから、明男は栄子のケータイへとかけてみた……。

18　誤　算

まだバーが開くまで三十分以上ある。

柳志津は中町が電話して来たので戸惑った。こんな時間に連絡して来ることはないからである。

「――志津です」

「今、大阪から帰って来た」

と、中町は言った。

「お帰りなさい」

「何か、旨そうな菓子があったんで買って来た。今、どこだ」

「お店ですけど。――どちらからかけてるの」

「東京駅に着くところだ」

「じゃ、まだ新幹線の中ですか」

「あと五分かな。そっちへ寄る」

「分りました。あの――メール、読んでくれた？」

「ああ、うまくやったらしいな。偉かった」

「気は進まなかったのよ。本当に」

「まあいい。会ってから話す」

「はい、待ってます」

志津は通話を切って、首をかしげた。

これだけ付合って来て、中町のことも多少は呑み込んでいる。人はそうそう「いつもと違うこと」はしないものだ。

「まあいいわ」

と、志津は呟いた。

――店を開けて間もなく、中町がやって来た。

「奥へ行こう」

と、中町は志津を促した。

奥の部屋で、中町はソファに身を落ちつかせると、

「どうだった」

と言った。

「――何のこと？」

と、志津は訊いた。「何か飲むでしょ?」

「とぼけるな。あの男のことだ」

「あの男って……。杉原明男?」

「当り前だ。どうなんだ。良かったのか」

志津は面食らっていた。

この人、やきもちをやいてる!

おかしくて、笑いそうになるのを、何とかこらえた。

自分で杉原明男を誘惑しろと言っておいて、言われる通りにした志津に嫉妬《しっと》して不機嫌になっている。

「言ったじゃないの。気が進まなかったって」

と、志津は肩をすくめて、「何を飲みます?」

「後でいい」

中町はいきなり志津の腕をつかんで引き寄せると、ソファの上に押し倒した。

「ちょっと——。何なの? お店の人が……」

「構わん」

「やめて。——ねえ、どうしたっていうのよ?」

中町は答えずに、志津を組み敷くと、上にのしかかって行った……。

「すっかり常連だな」

と、松下はニヤリと笑った。

「仕事でしょ、お互い」

と、爽香は言った。「これは社用ですけどね。支払いは私が」

〈ラ・ボエーム〉である。松下からの電話で、爽香は会議を抜けて来た。

「何があったんだ」

松下に訊かれて、爽香は、各方面に届いたファックスの話をして、コピーを見せた。

「――ふーん」

「倉木って人が、うちの社の応接室からメモ用紙を持って行ったんじゃないかと思って」

「それで、あんな依頼か」

「すみません、ちゃんと説明しないで」

爽香はコーヒーを飲んで息をついた。

「倉木としては、まず佐伯って奴を失脚させるのが目的ってわけだな」

「二代目社長の三好さんはまだ三十代半ばです。どうしても、先代の父親のころからの幹部だった倉木さんより、若い佐伯さんの方を信頼するようになるんでしょうね」

「お前としてはどっちなんだ」

「私は〈Sプランニング〉の社員じゃありませんもの」

と、爽香は言った。「ただ、佐伯さんは小林京子さんを殺していないと思います」

「やってりゃ、とっくに警察が何かしてるだろうな」

「そうだ。ひどい話なんです」

「何だ？」

爽香は、宮入刑事が〈Sビル管理〉の中町とつながっていることを話した。

「――借金か。一番ひっかかりやすい罠《わな》だな」

と、松下は言った。「刑事だって、何かと人に知られたくない出費がある。なまじ刑事だとサラ金で借りるわけにもいかない。そんなとき、日ごろ付合のあるその筋の奴からつい借りてしまう。――すぐ返せばいい、と思っていても、借金ってのはそう簡単に返せるもんじゃないからな」

「私のこと、中町に筒抜けですよ」

「分った。その刑事のことも洗っておいてやる」

「お願いします。――それで倉木さんのことですけど――」

「倉木って奴の手書きの文字を見たい、と言ってたな」

「難しいでしょうけど……」

「そうだな」

松下は眉を寄せて、ポケットから二つに折ったメモらしいものを取り出した。「こんなものでいいのか？」

受け取った爽香はそれを見て目を丸くした。

「これ……倉木さんの字？」

「たぶんな」

爽香は唖然として、

「でも――どうやって？」

それは走り書きで、〈おれの名前でｔｅｌすれば分るようにしとく。倉木〉とあって、〈午前中はいないから午後二時過ぎにかけろ〉と、追記があった。宛名は〈ＭＩＤＯＲＩへ〉とある。

「倉木の通ってるバーを、〈Ｓプランニング〉の女の子から訊き出してな。行ってみると、昔他の店でなじみだったホステスがいたんだ。倉木のことを知ってて、ちょうど親戚の男の子を不動産会社に紹介してもらったところだった。そのメモがバッグに入ってたのさ」

「魔法使いみたいですね」

「お前の方だろ、よくそう言われるのは」

と、松下は笑って、「それで役に立つか」

「充分過ぎるくらいですよ。――問題のメモとよく似た字です」

「正式に筆跡鑑定してもらった方がいいぞ」

「そうします。河村さんに頼んで、警察の人を紹介してもらおう」

爽香はコーヒーを飲み干して、「コーヒーが一段とおいしい！　松下さん、このメモ、いくらですか？」

「そうだな。お前とひと晩デートってのはどうだ？」

「冗談はやめて下さい。十五年前なら、まだ本気にしたかもしれませんけどね」

と、爽香は言った。

「それはそうと、色々話を聞く内に、妙な噂を耳にしたぜ」

「何ですか？」

「その佐伯って奴、社長の女房と親密らしいってことだ」

「三好社長の奥さんと？」

「えらく若いらしいな」

「確かに……。そうですね。あのときも、佐伯さんに連絡してた」

松下は爽香の話を聞いて、

「社長の女房の写真があるのか。そいつはいいな」

「でも、私はよその会社の内輪もめに係りたくありません」

「今までも、係りたくないことに、沢山係って来ただろう」

そう言われると、爽香も反論できない。松下は笑って、

「そういやな顔をするな。向うが無理にでもお前を巻き込もうとするかもしれん。そういうときの保険になる」

「そうですね。じゃ、三好晶子さんの写真をもらっておきます」

「面白いな。お前の写真を撮ってるのか、その大学生」

「そうなんです。甥《おい》っ子の涼の彼女なんですよ。私なんか撮って、どこが面白いのかと思いますけど」

「そんなこともないさ」

と、松下はちょっと声をひそめて、「ヌードも撮るのか？」

「撮りませんよ！　もう、どうして男ってそんなことばっかり考えるんですか？」

と、爽香は口を尖《とが》らした。

「残念だな」

「あのポスターがあれば充分です」

「ニューヨークで展示されるそうじゃないか」

爽香は唖然として、

「どうしてそんなこと知ってるんですか？」

「海外のニュースにも通じてないとな。捜してる人間が外国にいることもある」

「展示ったって、ポスター貼るだけですよ」

「知らないのか。ポスターの中のお前の絵からデータ処理して、元の絵に近くして並べるそうだぞ」

「そんな話……聞いてません！」

「今は色んなことができるからな」

「でも……。ま、いいです。いちいちニューヨークまで文句言いに行けませんし、話題になりませんよ」

「ともかく、その女子大生の写真は見たいな。大学の文化祭に出すのか？　どこで、いつだ」

「教えません」

しかし、何とそこへ、

「こんにちは！」

と、当の岩元なごみが店に入って来たのである。「爽香さん、ここだって聞いて」

「いいタイミング」

と、爽香はため息をついた。

爽香のケータイが鳴った。

「――佐伯さんだ。――もしもし」

「佐伯ですが、実は妙な文書が……」

「各社にファックスが行った件ですね」

「知ってるんですね」

「でも、誤解しないで下さいね。私の所は一切係りありませんから」

と、力をこめて言った。

「しかし――」

「分ってます。うちの社のメモ用紙です」

「それじゃ一体――」

「少し待って下さい。うちの応接室から、メモ用紙を持って行った人がいるようなんです」

「誰です、それは」

「まだ確かではないので――」

「分ってます。倉木専務ですね」

「私は何とも……」

「私は負けちゃいませんよ」

佐伯は妙に張り切っているようだった。

19　方向違い

「うん。これからお昼を食べるから、戻るの、一時半くらいになる」

爽香は歩きながらケータイで久保坂あやめに連絡していた。

「分りました」

「何か急ぎの用、ある？」

「大丈夫ですよ。お昼ご飯くらい、ちゃんと食べて来て下さい」

「近くにいるから、何かあったら電話して」

爽香は、もう会社のビルが見える所まで来ていた。しかし、社に戻ってしまったら、昼食どころではなくなるだろう、と分っていたので、あえて外で食べることにしたのである。

「――ここにするか」

安くてボリュームのある定食で人気の店である。正直、四十を過ぎた爽香にはちょっと重たいが、夜は他の社のパーティーに出なくてはならず、夕飯は遅くなりそうなので、昼を少ししっかり食べておこうと思った。

十二時五十分を過ぎていたので、席は少し空《す》き始めていた。

「〈今日の定食〉を」

食券を買って、トレイを手に並ぶ。――二、三人しか待っていないので、すぐ食べられそうだ。

爽香の次に並んだ男が、

「あれ？　杉原爽香さんですね」

と言った。

「え？」

爽香は振り向いたが、一瞬分らなかった。「ああ、探偵さんですね。筒見さん――でしたっけ」

「そうです」

あの中町の依頼で爽香のことを調べに、斎場の向いの店にやって来ていた探偵である。

「いや、良かった」

と、筒見は言った。「あなたに会いに来たんです」

「私に？　また中町って人の依頼ですか」

「確かに中町の依頼ですが、あなたと話そうと思ったのは僕自身の考えで」

「よく分りませんけど。――お願いします」

〈今日の定食〉の食券を出す。

「僕も同じだ。食べながらお話ししても？」

「私に用なんですか？　くたびれてるんですけど」

「ご主人のことなんですよ、調べろって言われたのは」

爽香は呆気に取られた。

明男のこと、と言われては放っておくわけにいかず、結局、筒見と同じ定食を向い合って食べることになった。

「――ホステスって、柳志津さんって方ですね」

「ええ、ご存知なんですか？」

と、筒見が目を丸くして、「ご主人がこのホステスと――」

「知ってます。中町が指図《さしず》したんですよ、その志津さんに」

「じゃ、承知してたんですか？　その――ご主人が志津と……」

「本当は何もなかったんですよ」

「というと？」

中町を怒らせないように、明男が志津の誘惑に乗ったことにしたのだと説明すると、

「はあ……」

筒見は啞然とした。

「――食べないんですか？」

と、爽香は言った。「私、仕事がありますので、食べ終ったら失礼しますけど」

「食べます！」

筒見はあわてて食べ続けた。「しかし――面白い人ですね、あなたは」

「そうですか？　普通だと思いますけど」

「いや、そこまでする人はなかなか……。だって、もしかしたら――」

「主人が本当に浮気してたんじゃないか、ってお考えなの？　本当に浮気してれば分ります よ。もう長く夫婦してるんですもの」

筒見は首を振って、

「いや、僕はあのとき、あなたが自分から名のって来られたのを見て、これは大した人だと思ったんです。中町にも、あなたには手を出さない方がいいって忠告したんですよ」

「私、まるでヤクザですね」

と、爽香は苦笑して、「でも、主人のことを調べるというのは？」

「妙な話です。――本人はもちろん言いませんが、中町は自分が志津にあんなことをやらせておいて、あなたのご主人に嫉妬してるんです」

「嫉妬？」

「ええ。志津が僕に電話して来ました。僕も中町の様子を見ていて、そう思いましたよ」

「呆れた！　じゃ、中町って、本気で志津さんのことを？」

「どうやら、今回のことで、自分が思っていた以上に志津に執着《しゅうちゃく》し始めたらしいんです」

「まあ……」

爽香も食べる手を止めていたが、「で、中町は主人の何を調べろと？」

「何でもいい。ともかく、どんな男か調べろと言われました」

爽香は不安になって、

「主人に何か暴力を……」

「さあ。——志津がこれ以上あなたのご主人と親しく、なったりしたら危いですがね」

「主人に手は出させません」

と、爽香は言った。「これまでも、主人は私の代りのように、けがや災難を引き受けて来たんです。これ以上は……」

「そうですか」

筒見は肯いて、「いや、いいご夫婦ですね」

と、感心した様子。

「中町に何と報告するつもりですか？」

「それを伺いに来たんです」

「は？」

「どう言いましょうか。あなたの都合のいいようにしますよ」

爽香は思わず笑って、

「あなたって、ひどい探偵さんね。それで中町からお金を取るの？」

と言った。


「みっちゃん、おはよう」

と、志津は言った。「ちゃんと起きてる？」

「起きてるよ。ママ、寝坊？」

志津は笑って、

「ママのお仕事は遅いのよ」

と言った。

パソコンの画面に、五歳になる娘、美津子《みつこ》が映っている。毎日、志津はこの「TV電話」で、娘と話していた。

声だけの電話と違って、動いている美津子の表情が見られるのは嬉しかった。でも、パソコンを抱きしめるわけにはいかない。

「ママ、いつ帰って来る？」

と、美津子が訊いた。

「そうね、お正月までには帰るわ」

暮れはバーも稼ぎ時だ。

「病気しないでね」

「ありがとう」

娘がこんなことを言ってくれたことはない。

志津は胸が詰って、言葉が出なくなった。

「はあい」

美津子を呼ぶ志津の母の声がして、「幼稚園に行くね」

「はい、行ってらっしゃい！」

画面が切れる。——志津は涙を拭って、

「ありがとう……。ママのこと、恨まないでいてくれて」

と、パソコンに向って手を合せたくなった。

本当なら、こんな朝の時間、眠っているところだが、毎朝の娘との「会話」は欠かさなかった。

「寝よう……」

トイレに行って、洗面台の前に立つと、くまのできた顔を鏡の中に見つめた。

「どうしよう……」

と呟く。

中町が、このところ毎晩のように志津を抱こうとする。――ゆうべは、

「生理だから」

と逃げたが、嘘だった。

不安なのは、中町の子を身ごもったら、ということだった。中町は避妊《ひにん》のことになど気をつかってはくれない。といって、今さら逆らえば、どんなことになるか……。

志津はケータイを手にすると、迷った。あの杉原明男にかけて話したかったのである。

しかし、彼はスクールバスを運転している。こんな時間にかけても出られないだろう。

中町のことを、これまではそれなりに好きだったが、今の中町は恐ろしかった。拒めば暴力をふるわれそうだ。

明男のやさしさに触れるとホッとする。――彼が家庭を大事にしていることは分っていたが、「話すだけなら」と、つい電話してしまいそうになるのだ。

ともかく、このままだと中町との間を切るのはますます難しくなりそうだ。

玄関のチャイムが鳴った。

「こんな時間に……」

志津はガウンをはおると、玄関へ出て行って、「どなた？」

と、声をかけた。

「中町さんの使いの者です」

と、男の声がした。

「中町さんの？　——私、寝るところで」

「すぐに済みますから」

仕方ない、志津はチェーンを外し、ドアを開けた。とたんに二人の男が志津を押し倒すようにして入って来た。

「何よ！　あんたたち——」

「静かにしろ」

と、男は言った。

「中町さんがどうして——」

「中町さんにゃ違いねえが、奥様に頼まれて来たんだ」

「奥さんに？」

「ああ。お前に伝言だ。三日以内にここをたたんで消えろ、ってな」

「消えろって……。何の話ですか？」

「言わなくたって分ってるだろう。奥様は怒ってらっしゃるんだ。昔なら、お前の顔に傷の三つもつけてやるところだぜ」

中町の妻も、その世界に係りのあった女性だということは知っていたが、夫が浮気したからといって、こんな風に脅して来るとは思ってもみなかった。

ともかく、こういう男たちには逆らわないことだ。

「分りました」

と、しっかり肯いて見せる。

「承知したんだな」

「命は惜しいですからね」

「よし。聞きわけのいい子だ」

と、男は笑って、「こいつを取っとけ」

と、封筒を投げ出す。

「——何ですか？」

「引越し賃《ちん》だ」

男はもう一人を促して、「行くぞ」

と出て行った。

志津はやっと立ち上ると、急いで玄関の鍵をかけて、息をついた。——中町が本気になっていることを、妻は敏感に察したのに違いない。

「冗談じゃない！」

と、思わず口をついて出た。「亭主に怒ってよ！」

しかし、そんな文句を面と向って言える相手ではない。——封筒の中を見ると、十万円入っていた。

三日以内……。どうしよう?

店を辞めるのだって、簡単ではない。

途方にくれていると、ケータイが鳴った。中町からだ。

「——もしもし」

「志津。無事か」

真剣な口調だった。

「ええ。今、男が二人——」

「知ってる。耳にしたんで、心配になってかけたんだ」

「大丈夫です。——奥さんと話をされたんですか?」

「今は話してもむだだ。おい、俺のマンションへ来い。そこなら安全だ」

「中町さん。もうやめましょう。奥さんを本気で怒らせたら——」

「あいつに文句は言わせん」

「でも、私がひどい目にあわされたら、後でどうしてくれても……」

「いや、悪かった。あいつがそんなことまでするとは思っていなかったんだ」

「お願いです。みんな少し頭を冷やしましょう。しばらく会わないでいれば、冷静に考えられるようになりますよ」

「お前は俺の言う通りにしていればいいんだ」

「でも――」

「今夜、店は休め。迎えに行く」

「中町さん……」

切れてしまった。

中町は妻に対してひどく怒っている。妻の方も、ここまでやったら後へはひけないだろう。

「どうしよう……」

志津は頭を抱えてしまった。

中町と妻の間で、どっちからも、逆らえば何をされるか分らないのだ。自分が何をしたというわけでもないのに！

志津はもう眠気も疲れもどこかへ飛んで行ってしまって、部屋の中をウロウロと歩き回った。

そして足を止めると、

「今度だけ。――ごめんなさい」

と、ケータイを手にして呟くと、杉原明男のケータイへかけたのである。

20　怒りの言葉

昼休み。女子大のキャンパスは、のんびりとして静かだった。

外のベンチに腰をかけて、ハンバーガーを頰ばっている二人の女子大生。

二人は双子だが、一卵性ではないので、それほどそっくりというわけではない。それでも、こうして並んで座っていると、二人のことを知らない学生が、

「あれ？」

という顔をして見て通るくらいには似ていた。

顔立ちが、というより、ハンバーガーを食べている、そのポーズだとか、食べ方とかの雰囲気が似ているのである。

「いい加減にしてほしいね」

と、口を開いたのは先に食べ終った中町正代《まさよ》の方だった。

妹の照子《てるこ》も、すぐに食べ終って、

「本当」

と肯いた。「こっちに八つ当りされんじゃ、かなわないよね」

「ね、もう一個ぐらい入る？」

「入る」

「じゃ、買いに行こう」

二人は立ち上って、大学内の売店に向った。

父の浮気で腹を立てている母、あゆ子《こ》が朝食を作るどころではなかったので、十九歳の二人は朝抜きで腹を空かしていたのだ。

二人は、今度は菓子パンを買って、教室へと歩きながら食べ始めた。

「お父さん、本当に出てっちゃって帰って来ないつもりかなあ。お姉ちゃん、どう思う？」

と、照子は訊いた。

「私だって知らないわよ」

と、正代は肩をすくめて、「ただ、今度は二人とも本気で怒ってるね」

「やだなあ、離婚とかになったら」

「お母さんがスンナリ別れるわけないでしょ。——私はもっと、とんでもないことになるんじゃないかって心配」

「それって、どんなこと？」

と、照子が訊く。

「あんただって知ってるでしょ、お父さんもあんな仕事してるし、お母さんだって、昔は結構危いことしてたんだって」

「うん……。まあね」

「じゃ、見当つくでしょ」

「まさか……。二人で殺し合う?」

と、照子が目を丸くする。

「最悪、そういうこともあるだろうけど、その前に……」

「何なの?」

「私、ゆうべ聞いちゃったんだ。お母さんが夜中に電話で話してるの」

「何の話を?」

「『その女を脅して、逃げ出すようにしてちょうだい』って言ってた。『言うこと聞かなきゃ、顔に二、三か所切り傷をこしらえてやっていいから』とも言ってた」

と、正代は言った。「それと……」

「まだあるの?」

「うん……。『何なら、お前たちでその女を好きにしていいからね』って」

照子は足を止めて、

「それって……。やっちゃえ、ってこと?」

「まあ、そうとしか思えない」

「怖い……。お母さん、本気で言ってんの？」

「もちろん本気よ。今までも、お父さん、浮気は年中だったけど、今度は本気になってるみたいだから」

「でも……、そんなことして、お母さんが捕まっちゃったらどうなるの？」

「さあね」

「お姉ちゃん、呑気だね」

「呑気じゃないよ。ただ――」

と、正代が言いかけたとき、学内放送が、

「中町正代さん、照子さん。至急事務室までおいで下さい」

と告げたのである。

二人は顔を見合せ、

「何だろう？」

「行こう！」

と、駆け出した。


「中町ですけど」

と、二人の女子学生が事務室の窓口に駆けつけて来た。

「あちらの方が、急ぎのご用とかで……」

窓口の女性が指さしたのは、事務棟の入口に立っている爽香だった。

「あの……」

と、けげんな様子でやって来た二人へ、

「中町正代さんと照子さんね」

と、爽香は言った。「どっちが正代さん？」

「私ですけど……。あなたは？」

「私は杉原爽香。二人とも、今何が起きてるか知ってる？」

「──何の話ですか？」

「表に出ましょう」

と、爽香は促して、「講義に出るのは諦めて。今は、それどころじゃないの」

わけが分らない様子の二人を芝生へと連れ出すと、

「あなたたち、お父さんとお母さんを人殺しにしたい？」

と、爽香が言った。

「何ですか、いきなり」

と、ふくれっつらになって、正代が言った。

「のんびり話してる余裕はないの」

と、爽香は言った。「あなたたちも、自分の父親の仕事は知ってるでしょ？」

「父は――〈Sビル管理〉の――」

「そんなこと訊いてるんじゃないの」

と、爽香は遮って、「中町さんが裏でやってることよ。知らないわけはないわね。もう子供じゃないんだから」

正代と照子はちょっと顔を見合せて、

「だったら何だっていうんですか」

と、照子が言った。「私たちの責任じゃありませんけど」

「私は警察の人間じゃない。だから中町さんを告発するつもりはないわ」

と、爽香は言った。「でもね、人を傷つけたり殺したりすれば、ただじゃすまない。たとえ自分が直接手を下さなくても、命令したり、そそのかせば同じことよ」

正代と照子は、小柄な爽香の気迫にすっかり圧倒されていた。

「でも……」

と、それでも正代は口を尖らして、「私たちに関係ないでしょ」

「馬鹿いうんじゃないの！」

爽香に怒鳴られて、二人は飛び上りそうになった。

「怒鳴らなくたって……」

「怒鳴りたくもなるわよ。大学生なの、それでも？　今、お父さんがある女性に執着して、お母さんとにらみ合いになってるのは知ってるでしょ？」

「まあ……何となく」

「お母さんはその女の人を脅して、どこかへ行かせようとしてる。お父さんはそれを知って

カンカンになってる。二人が意地の張り合いをして、罪もない人がとばっちりを食ったら、

二人とも捕まって刑務所よ。あなたたちは大学どころじゃない。明日からだって路頭《ろとう》に迷う

かもしれない。それでも関係ないって言うの？」

「でも……お父さんもお母さんも、私たちが何言ったたって、訊いちゃくれないわ」

と、正代は言った。「ねえ？」

「うん。そんな口出ししたら殴られる」

と、照子が肯く。

「これ以上、事態が悪くならないように、何とかしたいと思わない？」

「そりゃ思うけど——」

「思うのね。じゃ、協力して」

「協力って……。何しろって言うの？」

「両親に思い出させるのよ。自分たちが親だってことをね」

と、爽香は言った。

姉妹はわけが分らず、顔を見合せるばかりだった……。


「社長」

と、倉木専務は個室のドアの所で足を止めて言った。「お食事中、申し訳ありません」

「俺は、食事を一人でとる主義なんだ」

と、三好忠士は言った。

「存じております。ただ――ことは内密を要しますので」

「分った。まあ入れ。もう食べ終ったところだ」

「失礼いたします」

三好は、ウエイターが皿を下げに来ると、

「コーヒーを一つ、追加してくれ」

と言った。

レストランの個室。――ここは、三好のお気に入りの場所だった。

そこへ、倉木は、

「ぜひ二人だけでお会いしたいのですが」

と、頼み込んでやって来たのである。

コーヒーが来ると、三好は、

「それで？」

と、口を開いた。「話というのは何だ」

「はあ……。ちょっと申し上げにくいことなのですが」

三好は笑って、

「だからわざわざここへやって来たんだろ？　何だっていうんだ？」

「はい……」

倉木は汗を拭った。「佐伯部長のことでして……」

「ああ、例の殺人事件か？　殺された女は佐伯の彼女だったそうだな」

「ご存知でしたか」

「知らなかったのかと女房に笑われたよ」

「確かに、社内には知れ渡っておりました」

「しかし、佐伯が殺したのなら、もう警察が逮捕してるだろう」

と、三好はコーヒーを飲んで、「ここのランチのときのコーヒーは薄過ぎる。いつもそう言ってるんだが」

「はあ」

「特に佐伯が取り調べられたってこともないようじゃないか」

「それはそうですが、この先どうなりますか……」

「そのときはそのときさ」

と、三好はアッサリと言った。「話はそれだけか？」

「いえ、あの――」

と、倉木はあわてて、「社長は今回のプロジェクトの関連会社に送られたファックスのことをご存知でしょうか」

「うん、読んだ」

倉木は拍子抜けの表情で、

「さようで」

「〈G興産〉の杉原って女性から言って来た。『怪文書は〈G興産〉の社名入りのメモ用紙が使われていますが、当社から送ったものではありません』と言ってな」

「杉原爽香ですね。佐伯とも親しいので、あまり信用なさらない方が」

「しかし、内容は佐伯を悪く言ってるぞ」

「まあ……佐伯のことです、あの杉原にも手を出していてもふしぎではありません。二人が、何か喧嘩でもして……」

「お前も、想像力豊かだな」

「恐れ入ります。ただ、私は今回のプロジェクトを、何とか成功させたくて」

「分ってる。——話はそれだけか」

三好は腕時計を見て、「そろそろ戻ろう」と立ち上りかける。

「あの社長——」

「何だ？　まだ何かあるのか」

「それが……お話ししたものかどうか迷ったのですが」

「言ってみろ」

「奥様のことです」

と、倉木は思い切ったように言った。

「晶子のこと？」

「はい。奥様は以前佐伯部長の下におられました」

「ああ、知ってる」

「実は……奥様が今、佐伯部長と、その……親しくされているのです」

三好は、しばらく倉木を見ていたが、

「つまり、晶子が佐伯と浮気しているというのか」

「そう思って間違いないかと」

倉木は膝の上で両の拳をギュッと握りしめた。

しばらくして――三好は笑った。

倉木は面食らって、

「社長……」

「たとえそうでも、俺は気にしない」

「は？」

「俺にも他に女がいる。それにな、晶子が佐伯に近付いてるのは、俺の頼んだことだ」

「は？」

と、倉木はただ啞然としている。

「佐伯を引き抜こうとしてる会社があるんだ。外資系でな。いい条件で誘ってる。だから、晶子に言って、佐伯を引き止めさせてるんだ」

倉木は無言で、口を開けたままだった。

「――じゃ、俺は社へ戻る」

と、三好は立って、「お前は何なら、ここでのんびりして行け」

そう言うと、三好は個室から出て行った。

倉木はただ呆然として、コーヒーが冷めて行くのを見つめていた。

21　消える

「では、ルートはこれで決定ということですね」

と、明男は言った。

「うん。よろしく頼む」

「分りました。後はバス会社の人と打合せます」

秋のバス旅行。――生徒たちの修学旅行はむろん大がかりで、旅行社の人間が宿泊なども含めて手配する。

修学旅行が終った後、教職員が連休を利用して一泊の温泉旅行を計画していて、その手配を明男が頼まれたのである。

「すまないね、君の仕事じゃないのに」

と、担当教師が言った。

「いえ、これぐらいのこと」

「君も良かったら、奥さんと一緒にどうだい？　君の分は経費から出せるよ」

「ありがとうございます。でも、うちのは忙しくって」

明男たちは、学校の応接室を出た。

もう夜になっている。——校舎の中は静かだった。

「遅くまで悪かったね」

「いいえ。——あ、電話だ」

明男のケータイが鳴った。取り出したが、見たことのない番号だ。

「——もしもし？」

と、出てみると、

「杉原明男か」

と、ぶっきら棒な口調。

「そうですが」

「あいつはどこにいる！」

「は？」

明男は面食らって、「あいつ、とは？」

「とぼけるな！」

明男にも誰からかかって来たか分った。しかし、

「名のっていただかないと、お話になりませんが」

と、言ってやった。

「中町だ。志津はどこにいる」

「ああ。あのホステスさんですね。どこにいると訊かれても、さっぱり……」

「あいつが頼って行くのはお前しかいない」

「決めつけないで下さい。僕は女房も子供もいる、普通の勤《つと》め人です。女性をどこかに隠すなんて余裕はありませんよ」

明男の言い方があまりに自然だったからだろう。中町は少しためらってから、

「——分った」

と言った。「しかし、もし嘘だったら、ただじゃおかないぞ」

切れた。——明男はポカンとしている教師の方へ、

「すみません。色々事情が」

「そのようだね……」

と、教師は肯いて言った。


中町は苛々と歩き回った。

マンションで、志津の来るのを待っていたが、一向にやって来ないし、連絡も取れない。

妻のあゆ子に脅されて、どこかへ逃げてしまったのか？

「いや、あいつは俺に惚れているんだ……」

ここへ現われないのは、誰かに邪魔されているからに違いない。

子分を一人、志津のアパートへやったが、誰もいないと言って来た。格別荒らされた様子もないという。

もう一度、志津のケータイへかけたがつながらない。苛々して切ると、とたんに着信があった。しかし——あゆ子からだ。

「——何の用だ」

と、中町は言った。

「今、どこにいるの?」

と、あゆ子が訊いた。

「マンションだ。おい、あいつをどうかしたのか」

「女のこと?　一緒にいるんじゃないの」

「訊いてもむだだったな。もういい」

中町はそう言って、「何でかけて来たんだ?」

少し間があって、

「あの子たちが帰って来ないのよ」

と、あゆ子が言った。

「何だ？」

「正代と照子よ。二人とも帰らないの」

中町も、思ってもみないことで面食らった。

「二人一緒なんだろう。どこかで遊んでるのさ」

しかし、中町も二人の娘が夜遊びなどしないと分っていた。中町もあゆ子も、そういう点は厳しく、夜十時過ぎに帰ると平手打ちした。

「電話したのか」

「何度もね。二人とも出ないの」

「つながらないのか」

「いいえ。呼び出してるけど、出ない」

「まあ……子供じゃない。心配することもないだろう」

「ええ、たぶんね。——じゃ」

あゆ子の方が切った。

中町はソファの上にケータイを投げ出したが……。取り上げて、二人の娘のケータイへかけてみた。自分がかければ出るかもしれないと思ったのだが、確かに呼び続けていても出ない。

「そうだ……」

ビル管理の方の仕事で付合のある業者の所に、同じ大学の娘が通っているのがいた。

その業者のケータイへかけて、

「すまんが、娘さん、いるかね」

夜ふかしは当り前らしく、すぐに娘が出た。

「遅くにすまんね」

と、中町は言った。「うちの娘たちなんだが、帰りが遅くてね。女房が心配してるんだ。どこに行ってるか、心当りでもないかと思ってね」

「ああ、双子の……。特別親しいわけじゃないんで……」

「そうだな。いや、すまん」

「ただ、お昼休みに……」

「昼休み？」

「お昼休みの終りころに、呼び出されてました。二人とも」

「それは……」

「学内放送で。事務室の人が呼んでたみたいです」

「そいつは——何の用かは分らないんだね？」

「ええ、放送は名前だけしか言わないですから。二人の名前だったんで、あ、あの双子の子だって思って」

「そうか」

「午後の講義、出てませんでしたね、二人とも。私も同じクラス、取ってるんですけど」

「ありがとう」

中町は礼を言って、切った。

呼び出しがあった？

中町はあゆ子へかけた。

「——何なの？」

中町は今の話を伝えて、

「お前、二人を呼び出したか」

「そんなことしないわよ」

「そうか……」

「どういうこと？　あなた、何か知ってるの？」

「怒鳴るな！　俺だって分らん」

と言い返して、「誰かが二人を呼び出したんだ。二人は大学を出たんだろう」

「誰か、って……。心当りがあるの？」

「お前こそ、ないのか！　母親だろう！」

「人のせいにしないでよ！」

二人はしばらく黙った。

口をきいたのはあゆ子の方だった。

「あなた……何かトラブルになってることが？」

と訊いた。

「こんな商売だぞ。トラブルなんて、あって当り前だ」

「特別に、よ！　恨みを買ってるようなことが――」

「誰かがあいつらを誘拐したとでも言うのか？」

「もしそうだったら、どうするの？」

「どうする、ったって……」

と、中町は詰った。「まあ……大阪で、ちょっとしたことはあったが」

「何なの？」

「いや、不動産屋の――お前も憶えてるだろう、一度うちにも来たことのある古賀《こが》って男だ」

「いちいち、お客の顔なんて……」

「そいつが絡んだ土地の取引きがあってな。安く地上げして儲けるつもりだった。俺がその地主を脅してやる代りに、取引きに一枚かませろと言って。ところが、その地主ってのが、警察のお偉方の親戚だってことがぎりぎりになって分ったんだ。結局、高く買わされて古賀の奴、あてにしてた儲けが消えて、えらく怒ってた」

「大阪で会ったの？」

「ああ。俺にクズみたいな土地を三千万で買えと言うから、ふざけるなと言ってやった」

「古賀って——思い出したわ。趣味の悪い、赤いシャツを着てた人ね。正代たちが帰って来て、挨拶したとき、『娘さんお二人じゃ、嫁に出すのも金がかかりますね』って言ってた」

「そうか……。そんなことがあったな」

「もしその人が——」

「待て。あいつが、そこまでやるかどうか……」

「そうだったらどうするの！　当ってみなさいよ」

「見当違いならどうする。詫びるだけじゃすまねえぞ」

「じゃ、放っとくの？　あの子たちが、どこでどうしてるか分らないのに」

「待て。呼び出しを頼んだのが誰か、大学へ訊けば分るだろう。それからでも……」

「じゃ、調べてよ」

「こんな時間だぞ」

「そこを何とかしなさいよ！」

あゆ子の声は中町の耳に突き刺さるようだった。

中町は大学へ電話してみたが、当然のことながら誰も出ない。

「そうだ」

思い付いて、中町は探偵の筒見へ電話した。

「――何です、夜中に？」

筒見はうんざりした口調で言った。

「黙って聞け！」

「はい」

筒見は中町の話を聞いて、「――つまり大学へ連絡つければいいんですね？」

「できるだろう。それくらい」

「たぶん、夜間でも誰かいるでしょう。でも、呼び出した人の名前までは……」

「ともかく調べてみろ！」

「分りました。――本当にお嬢さんたち、さらわれたんですか？」

「もしもそうだったら、ってことだ。余計なことを言ってないで、早くしろ！」

「分りました」

と、筒見は言った。「やってみて、連絡します」

「ああ。――頼む」

中町は、筒見に向って言ったことのない言葉を口にした……。


「ただいま」

明男は玄関に入ると、「遅くなってごめん」

「お帰りなさい」

と、爽香が出て来て、「その後は中町から何か言って来た？」

明男が、中町から電話があったことを知らせておいたのだ。

「いや、何も」

と、首を振って、「――出かけるのか？」

爽香が外出する格好をしていたのだ。

「あなたもよ。珠実ちゃんも連れてね」

「出かけるって、どこへ？」

明男は居間を覗いて、びっくりした。

ソファに柳志津が座っていたのである。

「ごめんなさい、お邪魔して」

「どうしたんだ？」

「アパートにはいられないし、中町のマンションにも行きたくないし……。この住所、中町から聞いてたんで」

「この人も一緒よ」

と、爽香が言った。「車、出して」

「ああ……。どこへ行くんだ？」

「あやめちゃんの所」

「久保坂君の？」

「つまり、堀口画伯のお屋敷。あそこなら安全だわ。中町が、ここへ誰かよこすかもしれないから」

「なるほど。文化勲章だからな、あそこは」

と、明男は笑って言った。

「ご迷惑かけてすみません」

「珠実ちゃんを抱っこして行くわ。眠ってるから」

「分った。じゃ、早い方がいい」

明男は肯いた。

助手席に志津が乗り、後部座席で爽香は珠実を抱いていた。

車が走り出して少しすると、爽香のケータイが鳴った。

「もしもし」

「杉原さん。筒見です」

「あ、どうも。——何か？」

「さっき中町から電話があって……」

「そちらに？」

「ええ。何でも、中町の娘さんたちが帰らないとかで……」

筒見の話を聞いて、爽香は、

「——古賀って誰？」

「さあ。何だか今中町がトラブってるらしいです。そいつが娘さんたちをかどわかしたんじゃないかと」

「あら……。そんなこと、知らないけど」

「ですから、今のところ中町はお宅のご主人のことに係ってる余裕はなさそうです」

「ありがとう、知らせて下さって」

「いいえ。ともかく中町がうるさいんで、その大学へ連絡してみます」

「ご苦労さま」

通話を切ると、爽香はちょっと声を上げて笑った。

「どうしたんだ？」

と、明男が言った。「気味悪いな」

「やましいところがあると、自分からがんじがらめになってしまうのね」

「何の話だ？」

「後で説明してあげる」

と、爽香は言った。

22　親の心は

「これか」

明男は車を停めて、「凄いな!」

と、思わず言った。

「そうか。明男は来たことないんだね」

爽香はケータイで久保坂あやめに電話して、「今、お家の門の前」

「はい!　どうぞ」

見上げるような門が静かに開く。

「さすがだな」

明男は堂々たる大邸宅の正面に車を着けた。玄関の大きな扉が開いて、あやめが出て来る。

「ごめんね、急に大勢押しかけて」

と、爽香はすっかり眠り込んでいる珠実を抱き直して言った。

「いくらでも部屋あります!」

と、あやめは嬉しそうに、「入って下さい。——夜食、用意してありますから」

「何て広い……」

と、志津が目を丸くしている。

シャンデリアのさがった玄関ホールへ入ると、

「やあ、いらっしゃい」

と、堀口が出迎えてくれた。

「すみません、ご迷惑をかけて」

「構わないよ。何ならゆっくり滞在してくれ」

「そういうわけにも……。ともかくこの子を寝かせてから」

両開きのドアが開くと、広い居間が見えて、中から出て来たのは——中町の娘たちだった。

「凄い屋敷！」

「ねえ！　すっかり気に入っちゃった」

爽香は苦笑して、

「失礼なこと言ってない？」

「そんな！　ねえ」

と、正代が妹を見る。

「約束しちゃった。ここの先生にヌード描いてもらうの」

と、照子が言った……。


「――いや、旨かった」

明男は息をついて、「あ、すみません」

「ほめていただいて恐縮です」

あやめが得意げに皿を片付けた。

一体何人座れるかという大きなダイニングテーブルで、爽香たちはあやめの作った夜食をいただいた。

「あやめちゃん、こんなに料理できたんだっけ？」

「チーフ、見損なわないで下さい！　これでも料理学校へ通ってるんです」

「知らなかった」

「まだ半年ですけど」

コーヒーを飲みながら、

「しかし、その中町って男も勝手だな」

と、堀口が言った。

「何でも自分の思い通りになると思ってるんです」

と、志津は言った。「もうこりごりです、あんな身勝手な人」

「でも一応心配してるのね、娘のことは」

と、あやめが言った。「チーフ、これからどうするんです?」

「ただ心配させるだけでいいと思ってたのよ。明男や志津さんのことに構わないでくればいいんだから。でも、話が大きくなっちゃったわね」

「あの二人は勝手にここへ遊びに来たことにしとくさ」

と、堀口が言った。「もう子供じゃない」

「二人とも外泊は初めてだって、はしゃいでますよ」

と、あやめは笑って、「お姉さんの方は、絵を描くのが好きみたい。先生のアトリエを真剣に覗いてました」

「明日になっても行方が分らなければ、きっと中町はあの宮入って刑事に連絡するでしょ」

と、爽香は言った。「ともかく、その古賀とかいう不動産屋を疑わせておきましょう」

中町の娘二人は、来客用の部屋でお風呂に入っていた。

「でも、チーフ。あの二人を大学で呼び出したことは――」

「呼び出すのに、本当の名前なんか使わないわ。『書店の者ですけど、本の代金をいただいてないんです』って言って、呼び出してもらったの。珍しくないみたいよ、ああいう女子大じゃ」

「チーフも、嘘が上手になりましたね」

と、あやめが笑った。

「生きる知恵よ」

と、爽香は澄まして言った。「ともかく今夜はゆっくり寝かせていただくわ」

「明日、休みます？」

「行くわよ、ちゃんと」

爽香は明男を見て、「明男も、スクールバスは休めないものね」

「ああ」

「大丈夫だとは思うけど、一応用心して」

「分ってる」

「何なら、うちの車で学校まで送らせよう」

と、堀口が言った。

「とんでもない！　ご心配いただいて恐縮です」

と、明男はあわてて言った。「じゃ、寝るか」

「うん。――堀口さん、一晩ご厄介になります」

爽香は立ち上った。珠実もちゃんと寝ているか、見たかった。

「ごゆっくり」

と、あやめが言った。「後のことは、明日向うがどう出るかですね」

爽香はふと思い付いたように、

「待って。――宮入刑事は、中町に借金して、私の情報を中町に流してた。それが明るみに出たら、無事じゃすまないわね」

「そりゃそうでしょう」

「宮入刑事にも協力させよう」

「協力って？」

「二人の娘のことよ。中町が何か言って来たら、わざと心配になるようなことを言わせて、あの両親をこらしめてやる」

「宮入は気の弱い人です」

と、志津は言った。「それに、今クビになるわけにはいきません」

「今夜、計画を練りましょ」

と、爽香は言って、「あやめちゃん。明日起してね」

「はい、チーフ」

あやめは微笑んで言った。

しかし――ともかく、堀口邸の客間のベッドは大きくて快適で、風呂に入った爽香は、「計画を練る」間もなく、眠り込んでしまったのだった……。

中町が玄関を入ると、すぐに中から妻のあゆ子が飛び出して来た。

「――あなただったの」

「帰って来たか？」

「いいえ」

中町は居間へ入ると、上着をソファへ投げ出して、

「どこに行ったんだ！」

「怒鳴ったって、二人には聞こえないわ」

と、あゆ子は冷ややかに言った。

「これはただごとじゃない。――そうだ。捜索願を出そう」

「警察へ連絡したわ、さっき」

「どう言ってた？」

「十九歳だって言ったら、笑われたわ。『二、三日待ってから、もし帰らなかったら、連絡して下さい』ですって」

「何て奴だ！　もしものことがあったら、ただじゃおかん！」

中町は苛々と言った。

「大学の方は？」

「調べたが、呼び出したのが誰か結局分らなかった」

「そんなこと……。じゃ、どうしたらいいの？」

「――待て」

中町は足を止めて、「忘れていたぞ！　あいつに調べさせよう」

「あいつって？」

「宮入って刑事だ。俺に借金があって、言うことを聞くんだ」

中町はケータイを取り出すと、宮入にかけた。

「――中町だ」

「何だ、朝っぱらから」

宮入は不機嫌な声を出した。「こっちは今、大きな事件を抱えて大変なんだ」

「やってほしいことがある」

「言っただろう。今は忙しくて――」

「黙って聞け！」

と、中町は怒鳴った。

少し沈黙があって、

「何だ、一体？」

と、宮入は言った。

「娘たちが帰らないんだ」

「何だって？」

中町の話を聞いて、宮入は、「――家庭の問題まで持ち込まないでくれ。たかが一晩外泊したくらいで」

「それだけじゃない。ケータイにも出ないんだ」

「そりゃそうだろう。出たら、頭ごなしに怒鳴られると分ってるからな。十九歳といえばもう大人だぞ」

「俺の頼みが聞けないって言うのか」

「脅迫状が来たわけでもあるまい。――いいか、俺は刑事だ。捜査を放り出して、家出娘を捜しちゃいられない」

「おい、宮入。――そんな口がきけるのか。そう言うのなら、貸した金、たった今返してもらおう」

「俺を脅すつもりか」

「当り前だ。娘二人の命がかかってる」

「しかし――」

「聞け」

中町は大阪でトラブルを起した古賀という不動産屋のことを話して、「奴の周辺を探ってくれ。もちろん証拠はないが、怪しいところがあったら、俺が痛めつけて吐かせてやる。いいな」

「分ったよ」

と、宮入は嘆息して、「具合が悪くて病院に寄るとでも言って、ごまかすか」

「ああ、そうしろ」

中町は、「何か分ったら、すぐ連絡しろよ」

と、念を押した。


「おはよう」

爽香は、いささか照れくさそうに、堀口邸のダイニングルームへ入って行った。

「チーフ、おはようございます」

あやめがエプロンなどつけて台所に立っている。

「すっかり眠っちゃったわ」

「まだ時間ありますよ。ご主人は？」

「今、顔洗ってる。――珠実も一緒に下りて来るわ」

「よく休めたかね？」

堀口が、ゆったりしたガウンを着て現われた。

「あ、おはようございます」

爽香は迷惑をかけたことを詫びたが、

「何を言ってる。客があるとにぎやかでいいよ」

と、堀口は笑った。

「あの二人は？」

と、爽香があやめに訊く。

「中町の娘ですか？　ひどい寝相ですよ」

と、あやめが笑いをかみ殺した。

「今日一日、ここにいさせて。今日中にけりをつけるから」

「ええ、心配いりません」

あやめは、明男が珠実の手を引いて現われると、「おはよう！」

と、元気よく言った。

23　落　差

「ここ……?」

爽香と久保坂あやめは、指定されたレストランの門構えにびっくりした。

「どこかの邸宅を改築したとかって、ネットに出てました」

と、あやめは言った。

「あやめちゃんは大邸宅に住んでるから、驚かないだろうけど……」

と、爽香は言った。「でも、何の用かしら? まさかランチを食べよ、ってだけじゃないでしょ」

と言ってから、爽香は、「ここ、ランチっていっても一体いくら取るんだろ」と、心配になった。

「ともかく入りましょう。レストランはレストランですよ。カツ丼はないでしょうけど」

さすが、あやめはこの類の店にも入り慣れているとみえる。

ちょうどお昼どき、建物は古い洋館風で、ドアが開いて迎えてくれる。

「杉原ですが、三好さんの――」

「伺っております。お待ちです」

〈Sプランニング〉の社長、三好忠士から急に、

「ぜひお話ししたいことがあるので」

と呼び出されたのである。

案内されたのは奥まった個室で、

「おいでございます」

と、ドアを開けてくれると、中で三好忠士が立ち上った。

「やあ、どうも」

と、三好は愛想よく、「以前、ご挨拶していますね。三好です」

「杉原です。これは――」

「知ってます。久保坂あやめさんですね。堀口豊《ゆたか》画伯の奥さん」

「よくご存知で」

「とても勇ましい部下の方がいると評判ですよ」

あやめはいささか不本意な様子だったが、ともかく席についた。

すぐにランチのコースが始まった。

「三好さん。お話というのは……」

「ともかくランチを食べましょう。終ったころに、呼んである者がいるので」

「はあ……」

確かに、少々こり過ぎの感はあるが、おいしい料理だった。

まるで時間を見ていたように、食後のコーヒーになると、ドアが開いて、

「お邪魔します」

と、入って来たのは、佐伯、そして五分ほど遅れて倉木。

何の話だろう？　爽香は首をかしげた。

「さあ、始めよう」

と、三好が言った。「初めに、あの怪文書だ」

「私は何も知りません！」

と、倉木は否定した。

「倉木さん」

と、爽香は言った。「あなたの筆跡だということは、専門家が調べて分っています」

「何ですって？」

爽香が、倉木の書いたメモを手に入れ、専門家に鑑定してもらったことを話すと、倉木は無言でうつ向いてしまった。

「我が社の者が、とんでもないご迷惑をかけました」

と、三好が詫びて、「倉木。辞表を出せ」

「社長……」

「待って下さい」

と、爽香は言った。「もっと大きなことがあります」

「小林君のことですね」

「一つはそうです」

爽香は佐伯を見て、「小林さんの死体を発見したんですよね？」

「いや、それは――」

「あなたに口止めしたのは、この方ですね」

爽香は、三好晶子の写真を取り出して見せた。

「妻ですな」

「はい。――佐伯さん」

「申し訳ありません」

と、佐伯はうなだれて、「奥様と一緒に小林君の所へ行ったんです」

「どうして言わなかった！」

と、三好は顔を真赤にして怒鳴った。

どうやら、本当に知らなかったようだ。

「それは……」

「奥様が口止めされたからでしょう」

と、爽香は言った。「でも、よく分らないことがあります。お二人が小林さんの所へ行ったのは何時ごろですか？」

「午前……三時過ぎです」

と、佐伯は言った。

「どうしてそんな時間に？　普通なら寝ている時間でしょう」

「いや、私もそう言ったんです。明日にしましょうと。しかし、晶子さんは『どうしても今から行く』とおっしゃって……」

「晶子を呼ぶ」

と、三好はケータイを取り出した。「――もしもし。晶子、すぐレストラン〈K〉に来てくれ。――用は来てから話す。ともかくすぐ来い」

三好は強い口調で言うと、切って、

「二十分もあれば来るでしょう」

と言った。

「おそらく、奥様は小林さんが殺されているのをご存知だったんでしょう」

と、爽香は言った。「そう考えるのが自然です」

「まさか、晶子が殺したと――」

「それはないでしょう。わざわざ佐伯さんを連れて行くなんて……。それ以外に何か理由があったのだと思います」

「来たら、はっきりさせます」

と、三好は言った。「――杉原さん。さっき、『一つは』とおっしゃいましたか？」

「はい」

「すると他にも何か？」

「今度のプロジェクトを巡って、贈収賄の疑いがあると伺いました」

その言葉は不意討ちだった。三好が言葉に詰って、チラッと佐伯たちと目を見交わした。

「――いかがですか？」

と、爽香は訊いた。

「それは……。どこでその話を？」

「三好さん。情報源を明かさないのは常識ですよ」

「まあ……確かに」

三好は苛々と指先でテーブルを叩いていたが、「杉原さん。ここでの話は、ご内聞に願いたい」

「私は刑事じゃありません。でも、共犯者になるつもりもありませんので」

「そうですね……。実は、私の全く知らない内に、昔ながらのやり方で仕事を取ろうとした者がいたのです」

爽香は、倉木が真青になっているのを見た。おそらく倉木がやったことだろう。

しかし、社長が『知らなかった』ではすまされまい。

「お役所の方も変りつつあります」

と、爽香は言った。「変っていただかないと困りますよね」

「おっしゃる通り。ただ、贈収賄と言われるのは……。そんな大げさなことではなかったのです」

「どの程度のことだったのかは、私も知りません。ただ、気になっているのは、殺された小林さんは、それに係っていたのでしょうか？」

「さあ、それは……」

三好は佐伯の方へ、「お前は何か知ってるだろう」

「いや、社長。私は何も聞いていません」

「係っていなければ、なぜ小林さんが誘拐されそうになったのでしょう？」

と、爽香は言った。

「その件は——警察が何か調べているんでしょう」

と、三好は言った。

「私にも分りません。ただ……」

爽香は思い出した。

義姉、則子の通夜のとき、佐伯と偶然出会い、あの宮入刑事がやって来た。そして、その後で小林京子が声をかけて来た。

小林京子は、「宮入刑事が本当に捜していたのは私です」と言った。

それは、京子が贈収賄の鍵を握っていたからか？　そして、おそらく中町が京子をさらって行こうとした。

中町が贈収賄に絡んでいたとしてもおかしくはない。そして京子がその件で何か知っていたとすれば……。

京子が口外しないように、脅すつもりだったのか？

しかし、中町のような人間は、人を殺したりはしないものだ。殺人はもっと個人的な、感情的なことから起る。

それは……もしかすると……。

「どうなってる！」

中町は、ケータイに宮入からかかって来ると、いきなり怒鳴った。「何か分ったのか？」

少し間があって、

「いい加減にしろ」

と、宮入が言った。「大学の方じゃ、呼び出しを頼んだのが女だった、ってことしか憶えていない。当り前だ」

「娘たちはどうなったんだ！」

「俺に分るか。――相手は十九歳だぞ。子供じゃない。自分で姿を隠したのなら、そう簡単に見付からないだろう」

「あいつらが家出する理由なんかない！」

「分るもんか。お前が気付いてないだけじゃないのか」

そう言われると、中町もちょっと詰った。

「――古賀のことはどうした？」

と訊く。

「不動産屋だな？　昨日から物件を見に軽井沢へ行ってるそうだ」

と、宮入は言った。

「軽井沢だと？」

「ああ。それがどうした」

「古賀は確か軽井沢に別荘を持ってる。ゴルフに誘われて一度行ったことがある」

と、中町は言って、「――そうか！　娘たちはあの別荘だ！　きっとそうだ」

「おい、落ちつけ。その古賀って奴が誘拐したって証拠はないんだろう？」

「証拠なんか捜してる内に、娘たちは殺されてるかもしれん」

「頭を冷やせ！　早まったことをすると――」

「俺のすることに口を出すな！」

「おい中町――」

中町は切ってしまった。

「どうなの？」

と、妻のあゆ子が訊いた。

「軽井沢の別荘が怪しい。行ってみる」

「一人で？　大丈夫なの？　一度古賀へ電話してみたら？」

「怪しまれてると思ったら、娘たちの口をふさごうとするかもしれん」

中町は寝室へ行くと、少しして布にくるんだものを持って戻って来た。

「あなた……」

「心配するな。身を守るためだ」

中町は拳銃を上着の内ポケットに入れると、「行って来る」

と、大股に居間を出て行った……。

「遅い!」

と、三好が苛立って、「どうなってるんだ?」

妻の晶子が三十分を過ぎてもやって来ないのである。

「ケータイにも出ません」

と、佐伯は言った。

「そうか。――杉原さん、申し訳ないが――」

「いえ、いいんです」

と、爽香は言った。「ただ、佐伯さん、小林さんの死体を自分が発見したと、警察へ話して下さい」

「はあ……」

「隠すことだけでも罪ですよ。今ならまだ、目をつぶってくれるかもしれません」

「分りました」

と、佐伯が渋い表情で肯いた。


晶子はレストランの外まで来ていた。

しかし、夫の剣幕はただごとではない。

一体何だというのだろう? ――入るのをためらっていた。

晶子はケータイを取り出すと、発信した。

「――もしもし」

と、晶子は言った。「今、どこ？　――いえ、主人が私を呼びつけたの。何かしら？」

しばらく向うの話を聞いていたが、

「――分ってるけど、もし佐伯がしゃべってしまってたら……」

晶子は不安そうだ。「――ええ、そうね。――ね、何とかして」

そして、向うの話を聞く内に、晶子の表情はこわばって来た。

「――分ったわ。そういうつもりなら、こっちにも考えがあるわ」

と、切り口上に、「後で後悔しても知らないからね！」

通話を切ると、晶子はタクシーを探して左右を見回した。


「仕事がありますので」

と、爽香は三好に言って、先にレストランを出ることにした。

「車で送らせますよ」

と、三好が言うのを辞退して、爽香とあやめはレストランを出た。

「時間取られちゃったわね」

と、爽香は足早に表の通りへ出て、「中町のことも片付けなきゃいけないし」

「タクシー、拾いましょうか」

「そうね。駅までも少しあるものね」

あやめが、

「チーフ、あれ……」

と、指さす方を見て、爽香は、

「晶子さん？」

今、空車を停めて乗ろうとしている。

「そうですよ。どうしてレストランに入らないんでしょう？」

「いい話じゃないって分ってるのよ」

晶子を乗せたタクシーが走り出すと、あやめが、

「あ、もう一台来ました」

と、タクシーに手を振って停めた。

爽香は一瞬迷ったが、すぐ乗り込むと、

「前のタクシーを尾《つ》けて下さい」

と言った。

あやめがびっくりして、

「チーフ……」

「今の晶子さんの様子、普通じゃなかった」

「そうですか？」

「これまで事件に係って来た直感。ともかく、ついて行ってみましょ」

と、爽香は言った。

24　ポートレート

爽香たちのタクシーは、晶子の車のすぐ後ろにつけていた。

信号で停ると、前の車の晶子がケータイで話しているのが見える。爽香も思い付いて、

「あの宮入って刑事に電話してみるわ」

と、ケータイを取り出してかけたがお話し中になっていた。

一旦切ると、信号が変って車が動き出す。晶子が通話を終えて耳から離すのが見えた。そして少し間があって――爽香のケータイが鳴った。

「――もしもし」

「宮入です。今、電話もらいましたか」

「ええ、ちょっと……」

「用事で話していてね。それで、何か？」

爽香は少しためらっていたが、

「――すみません、車の中なもので」

「かけ直しますか？」

「いえ。宮入さん。お願いしたいことがあるんです。これからお目にかかれませんか」

「はあ。――それが、今捜査本部に入っていましてね」

「では、何時ごろなら？」

「夕方ではいかがですか。五時ごろということでは？」

「結構です。五時ですね。じゃ、Sホテルで」

「承知しました」

通話を切った爽香へ、

「チーフ、五時って、遅くないですか？」

と、あやめが言った。「それに他の約束が――」

「分ってる。このまま、晶子さんを尾けてみれば、もしかしたら……」

「それって……」

「今の、宮入からかかって来たタイミング、今は会えないっていうこと。――何だか、電話していた相手が晶子さんで、これから会うことになってるような気がするの」

「それ、チーフの直感ですか？」

「ええ。あてにならないと思う？」

あやめはちょっと笑って、

「チーフが今まで生きてるってことが、あてになる証しですよ」

と言った。


晶子は、ホテルの駐車場へと下りて行った。

昼間は空いていて、静かだ。

少し待っていると、車の音がした。小型車が晶子の前で停る。

「――乗るか？」

と、窓から宮入が顔を出す。

「いえ。ここで話しましょ」

と、晶子は言った。

「いいだろう」

と、宮入は言って、車を空いたスペースに入れると、車を降りた。

「おい――」

と、宮入が歩み寄ろうとすると、晶子はパッと後ずさった。

「何をピリピリしてるんだ」

と、宮入は苦笑した。

「用心してるのよ。――主人はさっきから私のケータイにかけて来てる」

「用があるんだろ」

「たぶん――佐伯がしゃべったんだわ」

「だからどうだって言うんだ？　あんたが殺したってわけじゃないだろう」

「そのことだけじゃないわ。あなたが贈収賄の証拠を握ってるってことよ」

「倉木が勝手にやったってことにするんだろう」

「それで済む？」

「倉木によく言い含めるんだな。――一人で罪をかぶれば、後の面倒はみるって。よくある話だ」

「〈Sプランニング〉はきっとプロジェクトから外されるわ。今、大変なのよ。会社は潰れるかもしれない」

「あんたもぜいたくができなくなるか」

「贈収賄の話を握り潰して。できるでしょう？」

「俺にそんな力はない。上の方だって知ってるんだ」

「何とかしてよ！　そうすれば、私と主人の間も今まで通りだわ」

晶子はじっと宮入をにらみつけていた。

「――いいか」

宮入はため息をついて、「俺は忙しいんだ。今も重大事件を抱えて、捜査本部に詰めている。こんな風に抜け出して来たのが分ったら大変だ」

「私の頼みを聞いてくれなかったら、もっと大変よ」

「どういう意味だ」

「分ってるでしょ。――私は見たのよ。小林さんが殺されたとき、部屋から出て来る男をね」

宮入は口もとに冷ややかな笑みを浮べて、

「そんな話を誰が信じる?」

「さあね。ともかく、警察へ行って話してみるわ。きっと誰かが聞いてくれる」

晶子が行きかけて、宮入はその腕をつかんだ。

「待て」

「気が変った?」

「変ったとも」

宮入が、いきなり晶子の首に両手をかけてぐいと絞めた。晶子が目を見開いてもがいた。

「やめなさい!」

と、声が響いて、宮入が振り向く。

「あんたか……」

「気が付くべきだったわ」

と、爽香が言った。「小林さんは、義姉の通夜のとき、言ったわ。『あの刑事が本当に捜していたのは私です』って。その意味を、もっとよく考えるべきだった。あなたは小林さんに交際を迫ってたのね。佐伯さんを贈収賄の件から助ける代りに付合えと」

「余計なことを――」

「むだよ。部下の久保坂あやめが、知らせにフロントへ走ってる。晶子さんと私の口だけふさいでも意味はない」

宮入はじっと立ち尽くしていたが、やがて階段の方にバタバタと足音がして、

「チーフ！　大丈夫ですか！」

と、あやめが駆け付けて来た。

そして、ガードマンが二人、あやめについて現われたのだ。

「今、パトカーが来ます。逃げるなら早い方が」

あやめの言葉に、宮入は体の力を抜くと、

「そんなむだはしない」

と言った。「そうだ。――裁判なんて時間のむだだ」

「宮入さん――」

宮入は自分の小型車へ走ると、乗り込んですぐ車を出した。ガードマンたちを振り切るように、車はスピードを上げて走り去った。

「チーフ……」

「死ぬ気だわ、あの人」

と、爽香は言った。「警察へ知らせて」

「分りました」

あやめは肯いて、ケータイを取り出した。

そのとき、遠くで何か激しくぶつかる音がして、駐車場の中に反響した。


「お手数かけました」

と、爽香は堀口に礼を言った。

「いつでも、また泊りに来てくれ」

と、堀口は広い居間のソファに寛いで言った。

あやめがコーヒーを淹れて来て、

「〈ボエーム〉には負けるかもしれませんけど」

「ありがとう。——これから、ますます仕事が忙しくなりそうよ。あやめちゃん、もし異動したければ、そう言って」

「私ですか？　とんでもない」

「でも――」

「私がついていなかったら、チーフは今ごろ生きてませんよ」

堀口が笑って、

「まあ、この子の好きなようにさせてやってくれ」

「分りました」

「〈Sプランニング〉はプロジェクトから外されるんですか?」

「どうかしら。三好さんが、毎日必死にお役所へ通ってるみたいよ」

「宮入刑事が死んで、贈収賄の方が曖昧になりそうだとか……」

「お役所の方にも、事を荒立ててほしくないって人がいるのよ。――うちには関係ないわ。うちはうちで淡々と仕事をして行きましょう」

と、爽香はコーヒーを飲んで、「おいしいわ!」

「でも――まさかあの刑事がね」

「奥さんがずっと病気で。中町からそれでお金を借りていたのね。〈Sプランニング〉を調べる内に小林さんと知り合って、小林さんも佐伯との仲に悩んでたから、宮入刑事に心を許したんでしょう」

「同情ですか。それを宮入は恋と勘違いしたんですね。あの年齢《とし》でも、殺すほど執着するってこと、あるんだ」

「もちろんだ」

と、堀口が言った。「私だって、君を殺したいほど愛してるぞ」

「証明して下さいな」

と言って、あやめは堀口にキスした。

「こら。チーフの許可を取れ」

と、爽香は笑って言った。

爽香のケータイが鳴った。

「もしもし」

「柳志津です。ありがとうございました」

――中町は、古賀という不動産屋の別荘へ押し入って、拳銃を振り回して逮捕されたのである。おかげで、志津は中町から解放されて、店を移り、娘を東京へ連れて来て一緒に暮すつもりだと言った。

「良かったですね」

「ご主人様にもよろしくお伝え下さい。――直接お電話さし上げてもいいでしょうか」

「主人に？　ええ、もちろん。そうして下さいな」

「はい。ぜひひと言お礼が申し上げたくて」

志津との話を終ると、

「中町の娘たち、どうしてる?」

と、あやめに訊いた。

双子の姉妹は、何となくこの堀口邸にいるのだった。

「大学やめて働くとか言ってますよ。でも、母親がいるわけだし」

「姉の方は私の弟子にしてくれと言ってるよ」

「図々しい! 絶対だめ!」

と、あやめは怒っている。

表のチャイムが鳴って、あやめは出て行った。そして、大きなパネル状の包みを抱えて戻って来た。

「絵か何か頼んだ?」

「さあ。開けてみてくれ」

縦横二メートル近い大きさだ。あやめが包みの紙を破ると、

「——写真のパネルだ」

「また、ずいぶん大きいわね」

「ええ……」

「私が頼んだやつだな」

と、堀口が言った。「こっちへ向けてくれ」

「はい」

クルッとパネルが向きを変えると——爽香は仰天して腰を抜かしそうになった。

大きなパネル一杯に、爽香の顔が引き伸されていたのだ。

「これ……」

「岩元なごみちゃんからのプレゼントですって」

と、あやめがカードを見て言った。

「ちょっと……。向う向けて！　お願い」

爽香はハンカチで汗を拭いた。

「君の写真が沢山展示されるそうだね。ぜひ見に行かねば。このポートレートで、一枚絵を描こうかと思ってるんだ」

「もう勘弁して下さい……」

と、爽香は言った。

ケータイが鳴って、爽香はホッとして出た。

「明男？　——ええ、今、堀口先生の所。もう失礼するとこよ。土曜日だし、母の顔を見て帰ろうと思って。明男、どうする？」

「じゃ、こっちも実家に行くよ。——ああ、珠実も受け取って行く。——分った。それじゃ」

明男は通話を切ると、「家内の実家へ寄って行くので、もう失礼します」

「そうですか」

大宅栄子はそう言って、「また――いらして下さいね」

と、ソファから立ち上った。

「ただいま！」

玄関から、みさきの元気な声がした。

杉原《すぎはら》爽香《さやか》、四十歳までの歩み

山前《やままえ》　譲《ゆずる》
（推理小説研究家）

「寝坊しました」と、杉原爽香があわてて教室に飛び込んでいったのは、中学三年生、十五歳の時だった。そして、友だちだった松井久代《まついひさよ》の死体が学校で発見された事件の真相を、見事に突き止める［若草色《わかくさいろ》のポシェット］。その爽香が一児の母となり、四十歳を過ぎた……誰がこんな展開を、二十数年前の初登場のシーンで予想しただろうか。それもこれも、毎年一作、新作がきちんと刊行され、暦《こよみ》通りに爽香がひとつずつ歳を重ねていくという、ユニークなシリーズの設定があってのことである。

中学校を卒業した爽香は、小学校以来の親友やボーイフレンドとともに、S学園高校に進学した［群青色《ぐんじょういろ》のカンバス］。ブラスバンド部に入りフルートを担当するが、そのクラブの合宿中の事件など、高校時代は自身がずいぶん危険な目にあっていた。父が倒れて危ぶまれた大学進学だったが［薄紫《うすむらさき》のウィークエンド］、家庭教師のアルバイトなどをしながら、卒業することができた。大学時代に関わった事件は、爽香自身が助教授の浮気相手と疑われたりして［緋色《ひいろ》のペンダント］、もつれた恋愛関係が背景となってのものが目立つ。そして大学卒業後、古美術店で働いていた二十三歳の秋に、人生最大の試練と直面するのだった［暗黒のスタートライン］。

心機一転、ケア付き高級マンションの〈Pハウス〉に転職してからは［小豆色《あずきいろ》のテーブル］、忙しく働く姿と、きめ細やかな気配りで人々の心を豊かにする姿が際立っていく。関わる事件は、仕事関係や新しい人間関係の狭間《はざま》でと、複雑なものになっていった。そして、〈Pハウス〉に出資している〈G興産〉の社長一家をめぐる騒動を解決したりと［銀色のキーホルダー］、以前にも増して何かと頼られることの多い爽香である。

数々の試練を乗り越えて結婚したのは二十七歳の時だった。新婚旅行先の温泉で事件に遭《そう》遇《ぐう》しても、けっして慌てることはない［うぐいす色の旅行鞄］。優しい性格が仇となって罪を犯してしまった夫は、トラックの運転手として真面目に働いていた。そして爽香は、〈G興産〉の社長にその仕事ぶりが評価され、「一般向け高齢者用住宅」の準備スタッフに抜擢《ばってき》される［濡羽色《ぬればいろ》のマスク］。妻として、そして社会人として、充実した生活をおくる爽香だったが、同時に、身近な人にトラブルが増え、ますます忙しくなっていく。

三十歳の春、〈G興産〉に移り、リーズナブルな老人ホームを建設・運営する〈レインボー・プロジェクト〉の中心スタッフに抜擢される［茜色《あかねいろ》のプロムナード］。三十代前半は〈レインボー・ハウス〉と名付けられた施設の建設・運営に奔走《ほんそう》しているのだが、これまで男中心で動いてきた日本社会の悪しきシステムに、何かと振り回される爽香である。中学校の恩師の娘がヴァイオリニストとして評価されるという嬉しいことはあったものの［虹色《にじいろ》のヴァイオリン］、家庭崩壊という深刻な事態を迎えている兄一家のケアもする必要があり［真珠色《しんじゅいろ》のコーヒーカップ］、さすがの爽香も疲労感は隠せない。

さらに社内的には爽香の奮闘ぶりを快く思わない面々もいたが、そんな苦労を吹き飛ばしたのが珠実《たまみ》の誕生だった［柿色《かきいろ》のベビーベッド］。みんなが祝福に駆けつけた病室。爽香にとって至福のひとときだった。ところが、ろくに育児休暇もとらず、仕事に復帰している。経済的な事情があるにしても、じつに働き者の爽香だ。次のプロジェクトは、赤字のカルチャースクールを建て直すというもので［コバルトブルーのパンフレット］、そこでも斬新な企画を次々と提案している。

その新しい仕事がさらに爽香の人脈を広げていく。それは同時に、爽香の負担が増え、ますますトラブルに振り回されるということも意味する……と、そこに待っていたのは思いもよらない展開だった。カルチャースクールのパンフレットの表紙絵を頼んだ小学校の同級生が、爽香のヌード（！）を描きたいと言い出したのだ［菫色《すみれいろ》のハンドバッグ］。仕事の関係で断ることのできない爽香だったが、完成した裸体画が斯界の最高権威に絶賛され、展覧会に出品されて話題を呼ぶ［オレンジ色のステッキ］。さすがの爽香も、この事態にはどうしていいのか戸惑っているようだ。

好事魔《こうじま》多しと言っていいのかどうか、夫が交通事故に巻き込まれてしまった［オレンジ色のステッキ」。結局、夫はスクールバスの運転手に転職し、爽香は客足の落ちたショッピングモールの再建に取り組む［新緑色のスクールバス］。

中傷や嫉妬の視線にもめげず、ショッピングモール立て直しに成功した爽香に、〈G興産〉の社長が極秘の事業のことを話す。〈M地所〉がのり出す大規模開発だった。たくさんの企業や広告代理店が関わり、役所との折衝にも手がかかりそうなそのプロジェクトに、〈G興産〉も食い込みたいと、社長は言うのである［新緑色のスクールバス］。

かくして爽香は、最新作の『肌色のポートレート』でかつてない大規模な、そして重責を担《にな》ったプロジェクトに取り組み始めるのだった。

十五歳からの二十余年、中学から高校、大学と進学し、就職し、数々の仕事をこなしてきた爽香だが、もちろん孤独な人生ではなかった。家族が、友人が、仕事仲間が、そして〈殺し屋〉や〈消息屋〉が支えとなってくれた。

まずはやはり、杉原家の人々である。爽香は杉原成也《しげや》・真江《まさえ》の長女で、十歳違いの兄・充《みつ》夫《お》がいる。

一人で本を読んでいるのが一番楽しいという物静かな成也は、爽香が高校三年生の時、脳《のう》溢血《いっけつ》で倒れてしまう。一命はとり留めたものの、言語障害と左半身の麻痺《まひ》が残ってしまった［薄紫のウィークエンド］。リハビリによって新しい仕事先を得るまでに回復したけれど、やはり体力的には以前のようにはいかなかったし、不況の影響も受けた。そして、爽香の結婚と孫の誕生を見届けて亡くなった［菫色のハンドバッグ］。

母の真江は、かつては十歳近くも若く見られるほど若々しかったが［若草色のポシェット］、夫の看病はやはり大変だったようである［緋色のペンダント］。やがて長男家族と同居するようになったが、すっかり爽香に頼っている。爽香のほうも、仕事やトラブルの解決に忙しいときには、娘の珠実を預けている。

兄の充夫とその家族には、爽香も心を痛めることが多かった。辻井則子《つじいのりこ》と結婚し、ハネムーンはオーストラリア［若草色のポシェット］。長女の綾香《あやか》がすぐ誕生し、爽香は初めての姪《めい》を可愛がっている［亜麻色《あまいろ》のジャケット］。やがて長男の涼《りょう》も生まれたが［瑠璃色《るりいろ》のステンドグラス］、充夫は同じ職場の緑川《みどりかわ》ひとみとの浮気がばれて、家を追い出されてしまう［銀色のキーホルダー］。なんとか離婚は免《まぬが》れたものの、今度は友だちの保証人になったせいで、一千万円の借金を抱えてしまった［藤色《ふじいろ》のカクテルドレス］。

その返済も滞《とどこお》りがちなのに、充夫は同じ会社の畑山《はたやま》ゆき子《こ》とまた浮気して、妊娠させてしまう。そんな時に次女の瞳《ひとみ》は生まれた［利休鼠《りきゅうねずみ》のララバイ］。会社をリストラされ［虹色のヴァイオリン］、営業マンとして再スタートするものの、今度は使い込みでクビになる［真珠色のコーヒーカップ］。そこで実家の土地と家を担保にして、会社を始める資金を借りようとするが、それはなんと妹への罠《わな》だった［萌黄色《もえぎいろ》のハンカチーフ］。ついには脳出血で倒れ［柿色のベビーベッド］、実家でリハビリ生活となる。だが、あまりはかばかしくない

［新緑色のスクールバス］。

苦労したのは長女の綾香だった。しっかりしているように見えるが、本当は気の弱い甘えん坊で、家出をしたりもした［枯葉色《かれはいろ》のノートブック］。専門学校に学んでいた時、ハンガリー人のミロスと結婚したい、と爽香に報告したこともあった［萌黄色のハンカチーフ］。その後、爽香の紹介で評論家・高須雄太郎《たかすゆうたろう》の秘書となり［菫色のハンドバッグ］、一家を支えている。

妻の則子は、離婚届を破って捨てたり［銀色のキーホルダー］、夫の浮気を知って会社に怒鳴り込んだりするほどだったが、自らも浮気をしてしまう［枯葉色のノートブック］。夫が脳出血で倒れると、とうとう家を出ていってしまうが［柿色のベビーベッド］、数年後、憔悴《しょうすい》した姿で帰ってくるのだった［菫色のハンドバッグ］。

爽香の肩には、自身の家庭だけでなく、年老いた母・真江や兄一家までのしかかっているのだ。そんな爽香をいつも元気づけてくれるのは、小学校以来の親友で、中学、高校と一緒だった浜田今日子《はまだきょうこ》である。成績優秀な今日子は医師となったので、いわば爽香のかかりつけ医だ。何かというと今日子の勤務している病院の世話になってきた爽香である。

一方爽香は、大学時代には、後輩につきまとわれた今日子を助けたことがある［緋色のペンダント］。とはいえ、恋愛のトラブルでの、恋多き今日子ならではのアドバイスなど、これまでは頼ることのほうが多いようだ。爽香が珠実を産んだ直後に妊娠しているが、相手の外科医には妻子があり、シングルマザーを決意する［柿色のベビーベッド］。

中学時代の恩師である布子《きぬこ》先生も、爽香とともに二十数年の波乱の人生を歩んできた。担任をしていたクラスの生徒が殺された事件で、刑事の河村太郎《かわむらたろう》と知り合い［若草色のポシェット］、父の猛反対を振り切って結婚する［琥珀色《こはくいろ》のダイアリー］。長女の爽子《さわこ》［緋色のペンダント］、長男の達郎《たつろう》［小豆色のテーブル］と子宝に恵まれた。

夫の太郎は、爽香を〈Ｐハウス〉に紹介したり［小豆色のテーブル］、爽香の結婚式で仲人を務めたりしたが、ストレスから胃を悪くして三分の二を摘出する［うぐいす色の旅行鞄］。そして、忙しくて妻の帰りが毎日遅くなったとき、早川志乃《はやかわしの》と深い仲になってしまうのだった［利休鼠のララバイ］。志乃は妊娠し、あかねを産むが、静かに身を引いた［虹色のヴァイオリン］。結局、河村は警察を辞め、民間の警備会社に転職したのだが［真珠色のコーヒーカップ］、体調は芳《かんば》しくない。

そんな河村家の希望の星は、長女の爽子である。十歳からヴァイオリンを習い［茜色のプロムナード］、翌年には早くも発表会でバッハの〈プレリュード〉を弾いて絶賛される［虹色のヴァイオリン］。父・太郎は退職金で一千万円のヴァイオリンを購入した［真珠色のコーヒーカップ］。イタリアのコンクールで優勝し［新緑色のスクールバス］、今や世界的に注目されている若手ヴァイオリニストだ。

そしてやはり、中学以来、二十数年を爽香とともに歩んできたのが明男《あきお》だ。転校生だったが、背が高くて、どことなく甘えん坊のイメージがあって、女の子に人気があった［若草色のポシェット］。高校も大学も同じ学校に通い、爽香のボーイフレンドと誰もが認めていたが、なぜか明男の母の丹羽周子《にわかねこ》は爽香を嫌う［琥珀色のダイアリー］。そして母に紹介された刈谷祐子《かりやゆうこ》と交際するようになり、明男は爽香に別れを告げるのだった［緋色のペンダント］。ところがほどなく、大学内に明男が中丸《なかまる》教授の妻とつき合っているという噂が流れる［瑠璃色のステンドグラス］。

そして大学を卒業後、明男は悲しい事件を起こしてしまう［暗黒のスタートライン］。刑に服したあとの明男を待っていたのは、やはり爽香だった［銀色のキーホルダー］。河村太郎の紹介でN運送に勤めはじめ［藤色のカクテルドレス］、やっと結婚式を迎えたのは爽香が二十七歳の秋だった［うぐいす色の旅行鞄］。ところが、〈G興産〉の田端《たばた》社長と結婚した祐子と再会したり、仕事中に知り合った大学生の三宅舞《みやけまい》に好意を持たれたりと［利休鼠のラバイ］、気の優しい明男に惹《ひ》かれる女性は絶えないのである。

その明男を襲った災難が、仕事中の交通事故だった。右足を骨折し、回復はしたものの運送の仕事には戻ることができず、スクールバスの運転手に転職するのだった［新緑色のスクールバス］。

明男との結婚、珠実の出産、兄の家族のケアと、プライベートがかなり忙しいのに、爽香は仕事の手を抜くようなことはしない。そして、その仕事を通して、爽香の人脈は多彩になっていくのだ。

〈Ｐハウス〉では、孫が誘拐された事件を解決したことで、往年の名女優・栗崎英子《くりさきひでこ》の信頼を得、彼女の復活に一役買っている［小豆色のテーブル］。六十八歳で銀幕に復活して再評価された英子だが、八十歳を祝う会で、爽香のことを「私の一番信頼する友人です」と紹介するのだった［菫色のハンドバッグ］。

その栗崎英子が何かと面倒を見ている子役の麻生果林《あそうかりん》は、〈Ｇ興産〉社員で爽香の秘書を務めた麻生賢一《けんいち》・寿美代《すみよ》夫妻の長女である。その二人が結婚するまでには、やはり爽香の尽力というか、爽香が解決したスリリングな事件があった［枯葉色のノートブック］。

〈Ｇ興産〉で社長秘書を務めている荻原里美《おぎわらさとみ》は、母が被害者となった事件で爽香と知り合った。爽香の紹介で、まず〈Ｇ興産〉の「メッセンジャー」として働きはじめたのである［濡羽色のマスク］。やはり〈Ｇ興産〉の社員で、爽香の部下として奮闘しているのは久保坂《くぼさか》あやめだが、画壇の長老の堀口豊《ほりぐちゆたか》がそのあやめにプロポーズしたのには驚かされた［新緑色のスクールバス］。なにせ堀口は九十歳！　爽香を中心に絡み合う人間関係だが、とりわけ意外だったのは、爽香のヌードを描いたリン・山崎《やまざき》と、明男にずっと思いを寄せてきた三宅舞の結婚ではないだろうか［新緑色のスクールバス］。

そして、秘かにファン・クラブを結成しているのではないかと思ってしまうほど、爽香をサポートする男性陣がいる。〈Ｇ興産〉の田端将夫《まさお》は、明男のことを知りながらも爽香への好意を隠そうとしない。爽香を辞めさせようとした〈Pハウス〉に圧力をかけたり［小豆色のテーブル］、爽香を〈G興産〉の新しいプロジェクトのスタッフにしたりと［利休鼠のラバイ］、仕事面で気を配ってきた。一方で、難しい課題を爽香に託《たく》したりもしているが。〈殺し屋〉の中川満《なかがわみつる》は、仕事の現場を爽香に見られてしまい［虹色のヴァイオリン］、「お前は生かしとけない人間なんだ」と爽香を脅すのだが、知り合いには「俺はあの女に恋してるんだ」と言っている。何度か危機一髪のところを救っているが［虹色のヴァイオリン］［枯葉色のノートブック］、つねにさりげなく爽香を見守っているようだ。もとは借金の取り立て屋で［茜色のプロムナード］、今は〈消息屋〉の松下《まつした》も、兄の借金問題など［萌黄色のハンカチーフ］、さまざまな調査を引き受けて爽香を助けている。あるいは、中川が影のオーナーである喫茶店〈ラ・ボエーム〉のマスターの増田《ますだ》と、爽香のファンはそこかしこにいるのだ。

今や爽香の物語は、爽香の甥《おい》や姪、あるいは知人の子供たちと、ネクスト・ジェネレーションにまで広がっている。五歳になった愛娘の珠実の将来もとても気になる。最新作『肌色のポートレート』ではやたらと年齢を意識させられている爽香だが、どんな人たちと出会い、どんな事件を解決するのか、今後の展開がますます楽しみである。

初出誌
「女性自身」（光文社）
二〇一三年　一〇月一五日号、一一月二六日号、一二月一七日号
二〇一四年　一月二八日号、二月一八日号、三月二五日号、四月二九日号、六月三日号、六月二四日号、七月二二日号、九月九日号、九月二三日号

光文社文庫

文庫オリジナル／長編青春ミステリー

肌《はだ》色《いろ》のポートレート

著　者　赤《あか》川《がわ》次《じ》郎《ろう》

2014年9月20日　初版1刷発行

発行者　鈴木広和
印　刷　萩原印刷
製　本　ナショナル製本

発行所　株式会社　光文社
〒112-8011　東京都文京区音羽1-16-6
電話（03）5395-8149　編集部
8116　書籍販売部
8125　業務部

落丁本・乱丁本は業務部にご連絡くだされば、お取替えいたします。
ISBN978-4-334-76795-2　Printed in Japan

組版　萩原印刷

お願い　光文社文庫をお読みになって、いかがでございましたか。「読後の感想」を編集部あてに、ぜひお送りください。

　このほか光文社文庫では、どんな本をお読みになりましたか。これから、どういう本をご希望ですか。

　どの本も、誤植がないようつとめていますが、もしお気づきの点がございましたら、お教えください。ご職業、ご年齢などもお書きそえいただければ幸いです。当社の規定により本来の目的以外に使用せず、大切に扱わせていただきます。

光文社文庫編集部

赤川次郎ファン・クラブ

三毛猫ホームズと仲間たち

入会のご案内

会員特典

★会誌「三毛猫ホームズの事件簿」（年４回発行）
会誌の内容は、会員だけが読めるショートショート（肉筆原稿を掲載）、赤川先生の近況報告、先生への質問コーナーなど盛りだくさん。

★ファンの集いを開催
毎年夏、ファンの集いを開催。賞品が当たるクイズ・コーナー、サイン会など、先生と直接お話しできる数少ない機会です。

★「赤川次郎全作品リスト」
500冊を超える著作を検索できる目録を毎年５月に更新。ファン必携のリストです。

ご入会希望の方は、必ず封書で、〒、住所、氏名を明記の上、80円切手１枚を同封し、下記までお送りください。（個人情報は、規定により本来の目的以外に使用せず大切に扱わせていただきます）

〒112-8011
東京都文京区音羽 1-16-6
(株)光文社　文庫編集部内
「赤川次郎F・Cに入りたい」係

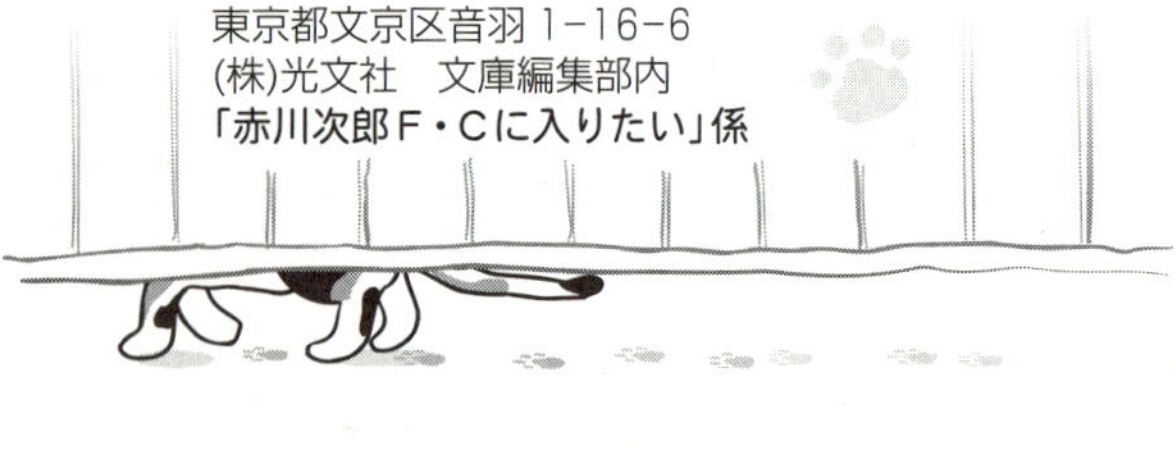